राजकमल गौरवग्रंथ

WORLD CLASSICS

मिहाइल सदौवेन्यु
05 नवम्बर, 1880
19 अक्टूबर, 1961

झोंपड़ी वाले और अन्य कहानियाँ

BORDEENI (ROMANIAN SHORT-STORIES)

रोमानियाई कथा-साहित्य

झोंपड़ी वाले
और
अन्य कहानियाँ

मिहाइल सदौवेन्यु

अंग्रेज़ी से अनुवाद

निर्मल वर्मा

राजकमल

गौरवग्रंथ

मिहाइल सदौवेन्यु के 1953 में प्रकाशित रोमानियाई कहानी-संग्रह 'BORDEENI' के अंग्रेज़ी अनुवाद 'THE MUD-HUT DWELLERS' से अनूदित
पहली बार 1966 में 'झोंपड़ी वाले और अन्य कहानियाँ' शीर्षक से प्रकाशित

राजकमल गौरवग्रंथ माला में पहला पेपरबैक संस्करण : सितम्बर, 2024

राजकमल गौरवग्रंथ माला : कालजयी साहित्य की विशिष्ट प्रस्तुति

राजकमल प्रकाशन प्रा. लि.
1-बी, नेताजी सुभाष मार्ग, दरियागंज
नई दिल्ली-110 002
द्वारा प्रकाशित

शाखाएँ : अशोक राजपथ, साइंस कॉलेज के सामने, पटना-800 006
पहली मंजिल, दरबारी बिल्डिंग, महात्मा गांधी मार्ग, प्रयागराज-211 001
1, अनमोल सोराबजी सन्तुक लेन, धोबी तलाव, मरीन लाइंस, मुम्बई-400 002
वेबसाइट : www.rajkamalprakashan.com
ई-मेल : info@rajkamalprakashan.com

विकास कंप्यूटर एंड प्रिंटर्स
ट्रॉनिका सिटी-201 102
द्वारा मुद्रित

मूल्य : ₹199

JHONPADI WALE AUR ANYA KAHANIYAN
Stories by Mihail Sadoveanu
Translated by Nirmal Verma

ISBN : 978-93-6086-296-1

झोंपड़ी वाले और अन्य कहानियाँ

क्रम

झोंपड़ी वाले

इलीसेनी के ज़मींदार जार्ज आव्रामेनू की रियासत में नीता लेपादातू बिलकुल अकेला पहुँचा था। एक टोपदार चोग़े और पालिशदार छड़ी के अलावा उसके पास कुछ न था। पतझर के दिन थे। पहाड़ी के उस पार न जाने कहाँ से वह अचानक प्रकट हो गया। उसने खलिहानों की ओर से चढ़ाई पार की और वहाँ रुककर वह पैरों पर बिछे ताल और आलीशान हवेली को निहारने लगा।

जिधर से वह आया था, उधर पीछे की ओर दूर-दूर तक और पूर्व में प्रुत नदी की सीमाओं तक—जहाँ तक उसकी दृष्टि जा सकती थी, चारों ओर मैदान फैले थे। मीलों चलते रहने पर भी उसे कोई बस्ती नहीं दिखाई दी थी। उन दिनों ज़िज़िया और प्रुत् के प्रदेश निरे रेगिस्तान थे।

नीता लेपादातू खलिहानों के बीच दबे पाँव चलने लगा। एक छप्पर से कुछ आवाज़ें और धान कूटने की लयबद्ध ध्वनि सुनाई दे जाती थी। एक अँधेरे कोने में बँधा एक मरियल घोड़ा चुपचाप सिर झुकाए पतझर की धूप में खड़ा ऊँघ रहा था। अचानक एक सफ़ेद झबरैला कुत्ता लपका और अजनबी की टाँगों की ओर ज़ोर-ज़ोर से भूँकने लगा।

लेपादातू ने अपने डंडे से कुत्ते को पीछे हटा दिया और धीरे-धीरे उस झोंपड़ी की ओर बढ़ने लगा जहाँ से धान कूटने की धमधमाहट आ रही थी।

"कौन है?" मेमने की तरह मिमियाते हुए एक पतली आवाज़ ने पूछा।

नंगे सिर और बिखरे बालों वाला एक ठिंगना-सा बूढ़ा छप्पर से बाहर निकला। "क्यों बे कोल्तून, क्या बात है?" कुत्ते की ओर झुककर वह चीख़ा, "चल भाग इधर से! उधर जाकर बैठ...जंगली कहीं का!"

एक छोटी-सी लकड़ी कुत्ते की ओर फेंककर उसने उसे भगा दिया। तब वह नीता लेपादातू की ओर मुड़ा और टटोलती दृष्टि से उसे देखने लगा।

"हूँ...अच्छा...अच्छा," उसने कुछ आश्चर्य से कहा, "छोकरे, तुम इधर के तो नहीं जान पड़ते। मैंने तुम्हें पहले कभी नहीं देखा। क्या काम है?"

"आप ठीक फ़रमाते हैं," बटोही ने कहा, "मैं बहुत दूर से आया हूँ...वहाँ से..."

"क्या तुम्हें यहाँ किसी ने भेजा है?"

"किसी ने नहीं—अगर आप बुरा न मानें तो क्या मैं पूछ सकता हूँ कि इस रियासत का मालिक कौन है? क्या मुझे यहाँ कोई काम मिल सकेगा?"

"सब ठीक हो जाएगा, बच्चे," बूढ़े ने पतली आवाज़ में मिमियाते हुए कहा, "यहाँ रहोगे तो ढेरों काम मिल जाएगा। बड़ी रियासत है...और मालिक नेक आदमी हैं।"

"पर उनका नाम क्या है?"

"श्री जार्ज उनका नाम है—श्री जार्ज आव्रामेनू...जाओ, उनके घर जाकर उनसे बात कर लो।"

"अच्छा," नीता लेपादातू बुदबुदाया।

बूढ़ा अपनी छोटी-छोटी चमकती आँखों से उसे परखता रहा।

अजनबी थक गया था। रास्ते की गर्द से उसका चेहरा स्याह हो गया था। घनी भौंहों और पेशानी के नीचे धँसी हरी आँखों से वह उदास-सा शून्य की ओर ताक रहा था। उसने बहुत दिनों से दाढ़ी नहीं बनाई थी, फिर भी नीचे की ओर झुकी नुकीली मूँछें उसके मुँह को नहीं ढक सकी थीं।

उसके होंठों पर सूखी पपड़ी जम गई थी। वह बार-बार उन्हें आधा खोलकर अपनी ज़ुबान से तर कर लेता था।

"मुझे प्यास लगी है," उसने चेष्टापूर्वक कहा, "ज़रा पानी पिला दीजिए।"

"वाह, क्यों नहीं!" बूढ़े ने उत्तर दिया, "पानी से इनकार करूँगा, तो क्या पाप का भागी नहीं बनूँगा? आओ, झोंपड़ी में आओ।"

उसके चेहरे पर स्नेह झलक आया था।

"मुझे नस्तासे तेन्त्या कहते हैं," उसने झोंपड़ी की तरफ़ साथ-साथ चलते हुए हँसकर कहा, "मैं तो मुद्दतों से इधर ही रहता हूँ। दादा, बाप और बेटा—तीन-तीन मालिक देखे हैं। मैंने तुम जैसे न जाने कितने थके-माँदे लड़कों को पानी पिलाया है—पानी पिलाया है ताकि परलोक में मुझे प्यास से न तड़पना पड़े।"

वह छोटे-छोटे डग भरता चल रहा था। सुअर की खाल के बने उसके सैंडल धूल भरी ज़मीन पर चर-मर बोल रहे थे। हवा में उड़ती उसकी मोटी सूती क़मीज़ उसके पतले-दुबले शरीर पर ढीली-ढाली लग रही थी।

ऊँचे बड़े खलिहान और छप्पर, जहाँ लोग धान कूट-छान रहे थे, धीरे-धीरे पीछे छूट गए।

ताऊ नस्तासे तेन्त्या पहले एक-आध सीढ़ी ख़ुद नीचे उतरकर लेपादातू को ज़मीन में आधी धँसी अपनी झोंपड़ी का रास्ता दिखाते आगे-आगे चल रहे थे।

बटोही उनके पीछे-पीछे चलता एक कोठरी में पहुँचा। उसके एक कोने में चूल्हा था, जिसकी चिमनी कच्ची छत के पार बाहर चली गई थी।

कोठरी की दीवारों से सटी लकड़ी की बेंचें रखी थीं, जिन पर खुरदरी ऊनी चटाइयाँ बिछी थीं। कोठरी के सिरे पर एक गोल सूराख़ था, जिसमें बड़ी चतुराई से काँच का एक टुकड़ा फँसा दिया गया था। वह सूराख़ खिड़की का काम देता था...किन्तु आकार में वह इतना छोटा था कि उससे बाहर झाँकना भी मुश्किल था। कोठरी में रोशनी ज़्यादातर दरवाज़े से ही आती थी।

चूल्हे के पास एक छोटी-सी तिपाई पर बीस वर्ष के क़रीब की एक लड़की बैठी मकई के भूसे से आग जलाने की चेष्टा कर रही थी।

जब बूढ़ा और नीता भीतर आए तो अजनबी को देखकर अचरज दरसाते हुए उसने चारों तरफ़ ताका। फिर उसने यंत्रवत् अपनी छींट की स्कर्ट और सूती ब्लाउज़ पर हाथ फेरा—और मुस्कराने लगी।

"नमस्कार," नीता लेपादातू ने कहा। उसकी आँखें लड़की पर टिकी थीं।

"नमस्कार...!"

ताऊ नस्तासे किवाड़ के पीछे बाल्टी ढूँढ़ने लगे। फिर अपनी चप्पल से उसे ठोकर मारते हुए स्वर में भुनभुनाने लगे, "छिः-छिः—देखो तो, इतनी बड़ी लड़की और बाल्टी ख़ाली। मार्धियोलीता, देखती नहीं, थका-माँदा यात्री सामने खड़ा है। जा, ज़रा बाल्टी में पानी तो ले आ।"

"जा रही हूँ, पिताजी," लड़की ने तपाक से जवाब दिया।

उसने बाल्टी उठाई और नीची नज़र किये बाहर चली गई।

"अच्छा—अच्छा," ताऊ नस्तासे ने कहा। प्रसन्नता का भाव फिर लौट आया था, "मेरे यही एक बच्ची है। रही बीवी, सो मुझे नहीं मालूम, उसका क्या हुआ। बारह-तेरह साल पहले एक दिन वह कहीं चली गई, तब से उसकी कोई ख़बर नहीं मिली। काम करने में एक ही है—मेरी बच्ची लेकिन दिन-भर घर में अकेली बैठी-बैठी ऊब जाती है।...यहाँ कोई गिरजा भी नहीं है, जहाँ कम-से-कम इतवार को तो जा सके। कहाँ यह जगह, कहाँ सिरेत और मोल्दोवा, जहाँ एक भी गाँव ऐसा नहीं जहाँ गिरजा या पादरी न हो।... वहाँ के लोग बिलकुल ही दूसरी क़िस्म के हैं। और यहाँ...हमारे यहाँ—नाचने तक की कोई जगह नहीं। जब मैं जवान था तो और जगहों में रहता था—कभी यहाँ, कभी वहाँ, और मैं जानता हूँ कि कुलीन समाज के लोग एक-दूसरे को नाच के लिए बुलाते रहते हैं। लेकिन यहाँ तो कुलीन लोग हैं ही नहीं। यहाँ तो जैसे-तैसे ज़िन्दगी बिताते हैं...भगवान भरोसे...। सो तुम समझो, वह भी औरों की तरह है। वह भी जवानी में हँसना-खेलना चाहती है। लेकिन यहाँ, मेरी इस झोंपड़ी में वह कैसे हँसे-खेले?"

"समझा," लेपादातू ने कहा और एक लम्बी साँस लेकर बेंच पर बैठ गया।

"ख़ैर—जो है, सो है।" बूढ़ा बोलता रहा, "यहाँ तो आदमी जंगली बन जाता है। यहाँ तक कि मेरी लड़की भी जंगली की तरह बढ़ी है...यह ठीक है कि कभी-कभी वह ज़मींदार साहब के घर चक्कर लगा आती है और वहाँ की औरतों ने उसे उठना-बैठना और बातचीत करना सिखा दिया है...और एक-दो बार वह सावेनी शहर में भी घूम आई है—पर बस, इतना ही। उससे किसी भी बात की क्या आशा की जा सकती है?"

"लोग हर जगह जी लेते हैं," नीता लेपादातू ने शान्त स्वर में कहा।

"हाँ-हाँ, सो तो ठीक है। मुझे देखो। जब भी यहाँ कोई आता है तो मुझे अजीब-सी ख़ुशी होती है।...इधर-उधर की बातें होती हैं, नये विचार सुनने को मिलते हैं। क्या तुम दूर से आए हो...दक्षिण से?"

"हाँ, दक्षिण से—लेकिन ज़्यादा दूर से नहीं।"

"शायद तुम याशि शहर से आए हो...?"

"नहीं, नहीं, याशि तो बहुत दूर है...मैं वहाँ कभी नहीं गया। मैं तो ग़रीब आदमी हूँ...अनाथ...मेरा कोई घर-बार नहीं।"

"हूँ...अच्छा," ताऊ नस्तासे ने गहरी साँस ली और उठ खड़े हुए, "यह लो, वह आ गई, पानी लेकर।"

सचमुच वह तेज़ी से क़दम बढ़ाती आ रही थी, हाँफती हुई। उसके भागते नंगे पाँव ज़मीन पर पट-पट कर रहे थे। स्याह चेहरे पर उसकी बड़ी-बड़ी आँखें चमक रही थीं। दो सीढ़ियाँ उतरकर वह झोंपड़ी में आई, चूल्हे के पास जाकर मिट्टी का प्याला उठाया और उसे पानी से भरकर बटोही को थमा दिया।

नीता लेपादातू ने उसे एक ही घूँट में पीकर दुबारा पानी माँगा। उसे भी एक साँस में ख़त्म करके उसने क़मीज़ की आस्तीन से अपने होंठ और मूँछें पोंछ डालीं। मिट्टी का प्याला उसने लड़की को दे दिया और ताज़गी

अनुभव करते हुए धन्यवाद-स्वरूप बोला, “यहाँ का पानी ख़ूब है। ईश्वर आपका स्वास्थ्य बनाए रखे...आपकी मनोकामना पूरी करे...।”

बूढ़े ने हूँ-हाँ की और फिर बोला, “दुनिया में पानी से बड़ी कोई नियामत नहीं।”

लड़की हल्के से मुस्कराई। उसने बाल्टी फिर से दरवाज़े के पीछे खिसका दी और चूल्हे के पास आकर पूर्ववत् तिपाई पर बैठ गई। नीता लेपादातू ने लक्ष्य किया, उसके कपोल पहले से ज़्यादा गुलाबी लग रहे हैं और उसके बाल ज़्यादा कोमल और चिकने। निस्सन्देह उसने झरने में अपना रूप देखा होगा और निर्मल जल के छींटे अपने बालों और चेहरे पर डाले होंगे।

“अब मैं क्या करूँ?” एक लम्बी साँस छोड़कर बटोही ने पूछा।

“हूँ...क्या करोगे? पहले तो तुम हमारे संग कुछ खा-पी लो...क्या हम इनसान नहीं हैं? फिर हम हवेली तक चलेंगे। मेरा ख़याल है, तुम हमारे संग ही रहोगे। जार्ज साहब को हमेशा आदमियों की ज़रूरत रहती है...।”

“उन्हें मवेशियों के लिए आदमियों की ज़रूरत है, “मार्धियोलीता बोल उठी। वह अब भी चूल्हे के पास बैठी थी।

“तुझे कैसे मालूम?” बूढ़े ने ऊँची आवाज़ में पूछा। वह सिर हिलाता हुआ हँस रहा था।

“जब मैं वहाँ गई थी तो लोगों को कहते सुना था।”

“आ...हाँ। यह ठीक कहती है...मवेशियों के लिए उन्हें आदमी की ज़रूरत पड़ेगी,” बूढ़े ने विश्वासपूर्वक बात पूरी की।

आँधी-तूफ़ान में लम्बी यात्रा के कारण नीता लेपादातू थककर चूर हो गया था। किन्तु ताज़े पानी से, झोंपड़ी में आराम करने से और बूढ़े की बेटी के हाथों पकाए भोजन से वह कुछ स्वस्थ महसूस करने लगा।

वह भी इधर-उधर की बातें करने लगा था—एक और ज़मींदार के बारे में जिन्हें वह जानता था, उनकी रियासत के बारे में और अपनी जन्मभूमि के बारे में। फिर उसने ताऊ नस्तासे को क़िस्से-कहानियाँ कहने का मौक़ा दिया ताकि वह लड़की को निहार सके।

उसे अभी से लगने लगा था कि इस झोंपड़ी में बैठा वह अपने मित्रों के बीच में है।

सूरज ढलने से पहले ही वे निकल पड़े और हवेली की ओर रवाना हो गए। देहरी पर खड़ी लड़की उन्हें जाते देखती रही। उसने सोचा कि अगर बटोही को कोई काम न मिला तो वह झोंपड़ी में लौटकर उससे मिले बिना ही अपनी यात्रा पर आगे चला जाएगा। उसका हृदय कसमसा उठा। अपनी आँखों से और अपनी आवाज़ से वह विनम्र और शान्तिप्रिय लगता था।

कितना अच्छा हो...लड़की ने मन-ही-मन सोचा...यदि वह एक बार फिर हमारी झोंपड़ी की बेंच पर बैठकर ठंडा जल माँगने की लालसा प्रकट करे—और मेरी ओर एकटक निहारता रहे।

पश्चिम में पहाड़ियों के पीछे बादलों की हलचल में सूरज डूब रहा था। मैदान के आर-पार सूखी हवा चल रही थी। जहाँ तक नज़र जाती थी, धान और मकई के खेत फैले थे। नीचे घाटी के गड्ढे में ताल का शान्त जल झिलमिला रहा था। पास ही कँटीले झाड़-झंखाड़ों से लदा एक टीला खड़ा था। वन, बग़ीचे या गाँव का कहीं नाम-निशान तक न था। समूचे भू-खंड पर फैला आकाश सन्नाटे के सफ़ेद गुम्बद की तरह डटा था।

दोनों व्यक्ति मन्द गति से एक सँकरी धूसर पगडंडी पर बढ़े जा रहे थे। उनके क़दमों से उठी हुई धूल को हवा अपने संग उड़ाकर मकई के खेतों की मेड़ों पर उगे कँटीले झाड़-झंखाड़ों पर बिछा देती थी।

खलिहान के पीछे से मैनाओं और कौओं का एक झुंड हवा के अलस झोंके में ऊपर की ओर उड़ता हुआ दिखाई दिया और फिर घाटी में ग़ायब हो गया।

"बस...अब हवेली आई ही समझो," कुछ देर बाद बूढ़े ने कहा, "आज शनिवार है। ज़मींदार साहब घर में ही होंगे—शनिवार के दिन वे खेतों से ज़रा जल्दी लौट आते हैं।"

"क्या रियासत बड़ी है?" लेपादातू ने पूछा।

"क्या कहा?" ताऊ नस्तासे ने लड़के को अचरज से देखा, "जहाँ तक तुम्हारी निगाहें जाती हैं—उससे भी ज़्यादा बड़ी। अजी साहब, दुनिया में इतनी बड़ी रियासत शायद ही हो। कभी-कभी तो मेरी समझ में नहीं आता कि वे इतनी बड़ी रियासत की देखभाल कैसे करते होंगे? एक बार मैंने उनसे पूछा था, 'जार्ज साहब, आप इतनी ज़मीन और रुपये का क्या करते हैं?'"

"और उन्होंने क्या जवाब दिया?"

"क्या जवाब दिया? ऊँहूँ—छोड़ो।" महाशय जी ने जवाब ही नहीं दिया। सिर्फ़ ठट्ठा मारकर हँसने लगे।

लड़के ने सिर हिलाया और मुस्कराने लगा।

बूढ़ा किसान भी अपने लम्बे बाल हिलाता हुआ मुस्करा उठा। फिर उसने अपनी काली, सूखी अँगुलियों से इशारा करते हुए कहा :

"देखो—वह है ज़मींदार का मकान, वह उधर पास ही नौकर-चाकरों की कोठरियाँ..."

सामने ही ताल के किनारे घास-फूस के छप्परों और अस्तबलों के बीच एक नीचा, गोल लट्ठों से बना सफ़ेद मकान खड़ा था।

"आलीशान मकान है हमारे ज़मींदार का," ताऊ नस्तासे ने कहा, "ज़मींदारों को बहुत सारे कमरों की आदत होती है—एक बार मैंने उनसे पूछा था, 'जार्ज साहब, आपको इन चार बड़े-बड़े कमरों की क्या ज़रूरत है, आप इनका करते क्या हैं?'"

"उन्होंने क्या कहा?"

"ऊँहूँ—कहते क्या? कुछ भी नहीं कहा। बस, हँसने लगे।"

ज़मींदार के मकान के पास ही और ढालों की अपेक्षा कुछ गहरी ढलान पर झोंपड़ियों की लम्बी क़तार दूर तक चली गई थी। उनमें से कुछ तो बिलकुल

पुराने ढंग पर बनी थीं—धरती में आधी धँसी और गारे-मिट्टी में लिपी हुई। बाक़ी झोंपड़ियाँ पहाड़ी को काटकर बनाई गई थीं। उनके इर्द-गिर्द तख़्तों और टहनियों के जंगल लगे थे जिन्हें मिट्टी की पतली परत से लीपा गया था और जो अब धीरे-धीरे झरने लगी थी। धरती में आधी धँसी ये झोंपड़ियाँ बराबर धुएँ के बादल उगल रही थीं।

कहीं-कहीं खिलाड़ियों के हथेली—बराबर शीशे में से सूर्य की तिरछी किरणें झिलमिला जाती थीं। कहीं कोई बाड़ा नज़र नहीं आता था।

दरवाज़ों के सामने मवेशियों और सुअरों की ठेलमठेल थी। फटी-पुरानी फ़र की टोपियों की तरह झोंपड़ियों की छतों पर गोबर और कूड़े-करकट के ढेर थे, जिन्हें मुर्ग़ियाँ अपनी चोंचों से बार-बार कुरेदती रहती थीं।

"झोंपड़ी वाले यहीं रहते हैं," बूढ़े ने कहा, "इन्हीं लोगों से हम रियासत का काम कराते हैं।"

"इन्हें देखकर लगता है, ज़मींदार के पास काफ़ी कामगार हैं, है न?"

"हाँ-हाँ, क्यों नहीं—तुम क्या समझते हो, जहाँ से तुम आए हो, क्या वहाँ ज़मींदार इतने आदमी नहीं रखते? जानते हो, हमारे ज़मींदार सबसे बड़ी रियासत के मालिक हैं। इसीलिए उन्होंने काम करने के लिए दूर-दूर से लोग बुला रखे हैं। बीच-बीच में जब कुछ लोग काम छोड़ जाते हैं, तो उनकी जगह नये लोग आ जाते हैं। जिन दिनों काम पूरे ज़ोर पर होता है, उन दिनों वे ऐसी जगहों से कामगार बुलाते हैं जहाँ गाँव इतने कम नहीं होते, और आबादी ज़्यादा है—लेकिन भारी काम हम हमेशा इन झोंपड़ियों में रहने वालों से ही कराते हैं।"

"हूँ, अपना भी यही हाल था..." लेपादातू बुदबुदाया, "मैं भी ऐसी ही झोंपड़ी में पैदा हुआ था—उसी में रहकर बड़ा हुआ..."

"हूँ—अच्छा, ऐसी ही झोंपड़ी में...लेकिन और जगहों में लोग असली मकानों में रहते हैं। पता नहीं, वहाँ के जाड़े कैसे होते हैं।...एक बार मैंने ज़मींदार से पूछा था, 'जार्ज साहब, अपनी झोंपड़ियों में तो हम जाड़े की फ़िक्र ही नहीं करते—लेकिन क्या इतने बड़े घर में आपको सर्दी नहीं सताती?'"

"और उन्होंने क्या कहा?"

"तुम्हारा क्या ख़याल है, क्या कहा? वह सिर्फ़ हँसने लगे। बोले, 'आग जला लेते हैं।'—क्या मालूम, क्या करते हैं?"

"ताऊ नस्तासे, यही बात है। हम जैसे लोग आधे धरती के नीचे और आधे बाहर रहते हैं। आप तो बख़ूबी जानते ही हैं, कभी-कभी कैसी कड़ाके की सर्दी पड़ती है। मवेशियों के संग हमें खेतों में रहना पड़ता है। बात यह है कि हमें हर चीज़ की आदत हो गई है। रही इन ज़मींदारों की बात, तो उनसे आपको क्या उम्मीद है? वे ज़मींदार ठहरे, उनकी तो आदतें ही अलग हैं।"

"उनकी तो चमड़ी ही अलग क़िस्म की होती है..." ताऊ नस्तासे ने कहा।

यह कहना था कि दोनों ठहाका मारकर हँस पड़े।

कुछ और नीचे उतरकर वे झोंपड़ियों के सामने से गुज़रे। बहुत-से लोग फटे चिथड़ों में इधर-उधर घूम रहे थे। कोई मवेशियों को पानी पिला रहा था, कोई घोड़ों को रास थामे ले जा रहा था। कुछ लोग बारी-बारी से ढेंकी चला रहे थे।

"क्या ज़मींदार साहब वापस आ गए?" बूढ़े ने उनसे पूछा।

"हाँ, आ गए," किसी फटे स्वर ने उत्तर दिया।

"चलो, यह अच्छा हुआ।" ताऊ नस्तासे ने जैसे अपने-आपसे कहा।

हवेली के इर्द-गिर्द भी कोई बाड़ा न था। नौकरों की झोंपड़ियों में लोग आ-जा रहे थे। साईस घोड़ों को अस्तबल में ले जा रहे थे।

घर के पिछवाड़े मवेशियों का एक झुंड आसमान में धुएँ के बादल उड़ाता जा रहा था। गड़ेरियों की धमकी-भरी चीख़ती-चिल्लाती लगातार आवाज़ें सुनाई दे रही थीं। कभी-कभी अचानक तेज़-तड़ाक गालियों की बौछार सुनाई देती और जानवरों पर तड़ातड़ डंडे पड़ने लगते।

धूल के बादलों से भरी हवा में मवेशियों की ओझल घंटियों का उदास स्वर गूँज रहा था।

"देखो, हमारे ज़मींदार के मवेशी कैसे हैं!" बूढ़े ने तनिक अभिमान के स्वर में कहा।

निचले काठघर का चक्कर लगाते हुए वे पिछवाड़े के दरवाज़े पर आकर ठहरे। वहाँ वे काफ़ी देर तक प्रतीक्षा करते रहे। बरामदे के काँचों के पीछे एक स्त्री की छाया बार-बार दिखाई दे जाती थी।

"ज़मींदार के घर की देखभाल यही करती है," ताऊ नस्तासे ने कान में कहा।

छाया एक बार फिर गुज़री। किन्तु इस बार वह ठहर गई और उसने दरवाज़ा खोल दिया। एक नन्ही-सी, पतली-दुबली स्त्री प्रकट हुई—पीला चेहरा, कोयले-सी काली आँखें, पतली तीखी नाक। उसने काले कपड़े पहन रखे थे और बालों पर क़ायदे से एक काला रूमाल बाँध रखा था।"

"क्या बात है—ताऊ नस्तासे?" उसने तीखी आवाज़ में पूछा।

"ज़मींदार साहब से बात करना चाहते हैं..."

"अच्छा। पर अब तुम अपनी लड़की को मेरे यहाँ क्यों नहीं भेजते? इतना काम पड़ा है—ज़रा हाथ बँटा जाती।"

"कौन, मार्धियोलीता?" बूढ़े ने धीमे स्वर में कहा, "उसे घर में कुछ काम था—मैं उसे अभी आपके पास भिजवाए देता हूँ।"

"अच्छा, और ज़मींदार से क्या कहना है, ज़रा मैं भी तो सुनूँ।" नन्ही औरत बहुत तेज़ी से बोल रही थी—उसका स्वर और भी अधिक तीखा हो गया था।

"यह लड़का उनसे कुछ अर्ज़ करना चाहता है।"

घर की रखवालिन ने नीता लेपादातू पर एक तीखी नज़र डाली और फटाक से दरवाज़ा बन्द कर लिया।

"हूँ, वाह," ताऊ नस्तासे मुस्करा दिये, "देखा, यह हैं हमारी संन्यासिन। इनका व्यवहार भी इनकी ज़ुबान की ही तरह तेज़ है।"

"संन्यासिन कैसी?" लड़के ने आश्चर्य से पूछा।

"क्यों, यही स्त्री।...यह मठ से यहाँ आई है और ज़मींदार के घर की देखरेख करती है। कितनी तेज़ औरत है! हमेशा इसी तरह बोलती है—वह हमें जताना चाहती है कि वही सारे घर की कर्ता-धर्ता है। वैसे दिल की बुरी नहीं है।

कभी-कभी मार्धियोलीता से गप्प लड़ाते समय वह अपनी रामकहानी सुनाती है। कोई कर भी क्या सकता है? ख़ैर, जो हो, कोई बहुत बड़ा सुख उसे इस रेगिस्तान में थोड़ा ही खींच लाया है।"

बरामदे के शीशों के पार एक बार फिर उसकी काली छाया दिखाई दी—द्रुत गति से एक ओर से दूसरी ओर को कौंधती हुई। फिर उन्हें किसी पुरुष की पदचाप सुनाई दी और ज़मींदार ने दरवाज़ा खोल दिया।

दोनों ने अपनी टोपियाँ उतार लीं। उनके सामने श्री जार्ज आव्रामेनू खड़े थे—हृष्ट-पुष्ट शरीर, प्रसन्नचित्त, कोमल और धूप में पका चेहरा। अपने हाथ पतलून की जेबों में डाले वे मुस्कराते हुए उनकी ओर देख रहे थे।

"कहो, ताऊ नस्तासे," उन्होंने तनिक भर्राई-रेंगती आवाज़ में कहा, "क्या हालचाल है?"

"नई बात क्या होगी, जार्ज साहब! अभी तो सब ठीक ही चल रहा है।"

"सच?" पतलून की जेब में चाबियाँ खनकाते हुए ज़मींदार ने मुदित भाव से कहा, "यहाँ कैसे आना हुआ? खलिहानों को छोड़कर कैसे आए?"

"पर मैं उन्हें यों ही थोड़े छोड़ आया हूँ—जार्ज साहब! अब भी वहाँ कई भरोसे के लोग हैं। और फिर मेरी लड़की भी तो वहीं है..."

"क्या कहा? लड़की का क्या भरोसा? लेकिन यह कौन आदमी है? क्या चाहते हो तुम लोग?"

"यह?" ताऊ नस्तासे ने मुड़कर नीता को इस तरह देखा मानो उसे पहली बार देखा हो, "यह लड़का हमारे यहाँ आज ही आया है।"

"क्या नाम है इसका?"

ताऊ नस्तासे ने उत्तर नहीं दिया—वह दुबारा युवक की ओर मुड़े और उसकी ओर देखकर सिर हिलाया।

अजनबी ने अपनी मुड़ी-तुड़ी टोपी पर हाथ फेरते हुए उत्तर दिया :

"नीता लेपादातू।"

बूढ़े ने फिर अपना सिर हिलाया और इस तरह सोचता दिखाई पड़ा मानो उसने यह नाम पहली बार ही सुना हो, और उसे अजीब-सा लग रहा हो।

"नीता लेपादातू?" ज़मींदार ने दुहराते हुए कहा, "कहाँ से आए हो?"

"नेगोयेस्ती से।"

"याशि ज़िले से? और चाहते क्या हो?"

"जार्ज साहब, यह मवेशियों की देखभाल के काम पर आना चाहता है," नस्तासे ने जोड़ा।

"अच्छा, तो यह मवेशियों की देखभाल पर आना चाहता है? ठीक है। तुम्हारे पास कोई सिफ़ारिश है?"

"जी नहीं—कोई नहीं," नीता ने कहा, "वहाँ सिफ़ारिश नहीं माँगते।"

"अच्छा, ऐसी बात है? तो फिर मैं भी नहीं माँगता। लेकिन देखो, भलमनसाहत से काम करना होगा। हाँ, तुम नेगोयेस्ती के ज़मींदार के यहाँ से क्यों छोड़ आए?"

"हुज़ूर—जार्ज साहब, मुझे बुरा आदमी न समझें," नीता ने धीमे स्वर में उत्तर दिया, "इसमें कोई शक नहीं है कि मैं ग़रीब हूँ—न मेरे माँ-बाप हैं, न घर-बार। सिर ढकने को छत तक नहीं—इन हाथों के अलावा मेरे पास कुछ भी नहीं है—लेकिन ये हाथ काम कर सकते हैं—और मैं ईमानदार आदमी हूँ। नेगोयेस्ती के ज़मींदार के यहाँ मैंने दस साल काम किया और लड़कों की मज़दूरी पाता रहा। मुझे लगा कि अब मुझे पूरे आदमी की मज़दूरी मिलनी चाहिए—और इसलिए मैंने बढ़ोतरी के लिए अर्ज़ की। उन्होंने इनकार कर दिया और मैंने काम छोड़ दिया। मुझे अफ़सोस है—दस बरस तक मैंने उनके यहाँ ग़ुलाम की तरह काम किया था। पर चारा भी क्या था? मैंने सोचा, इतनी लम्बी-चौड़ी दुनिया है—कहीं-न-कहीं रोटी का टुकड़ा मिल ही जाएगा। कल रात मैं वहाँ से चल पड़ा और चलते-चलते यहाँ आ लगा। अगर आप मुझे रख लें, तो मैं बड़ी ईमानदारी से काम करूँगा।"

श्री जार्ज चुपचाप अपनी जेब में चाबियों का गुच्छा घुमाते-घुमाते उसकी बातें सुनते रहे। जिस कुँवारी धरती को वे सरसा रहे थे, वह उन्होंने हमेशा ऐसे ही चलते-फिरते लोगों से साफ़ करवाई थी। ऐसे ही लोगों की मदद से उनके मवेशियों की संख्या बढ़ी थी और गलाती में भेजने से पहले ऐसे ही

लोग खलिहानों में अनाज ढोते थे। ऐसे दूर-दराज और सुनसान प्रदेश में उन्हें लोगों की ज़रूरत पड़ती ही रहती थी। वे मज़दूर कहाँ के हैं, किसके हैं, ये प्रश्न उन्हें परेशान नहीं करते थे। और ऐसे प्रश्नों से उन्हें मिलता भी क्या? यह कोई ऐसी जगह तो थी नहीं जहाँ साधारण क़ायदे-क़ानून लागू होते हैं। यहाँ तो वे ख़ुद ही अपने मालिक थे, शहरों और संस्कृति के केन्द्रों से कोसों दूर। इस स्थान को कोई नाम देने की बजाय कहीं भी या 'मैदानों में' कहकर काम चल जाता था। कलक्टर साहब उतना ही टैक्स लेकर सन्तोष कर लेते जितना ज़मींदार देने को राज़ी होता। सैनिक अधिकारी फ़ौजी भगोड़ों की तलाश करने यहाँ कभी न आते, न भागे हुए अपराधियों की पूछताछ करने कोई आता था। बाहर की कोई सड़क रियासत को नहीं छूती थी। गिरजों का नाम-निशान तक न था और न कभी किसी ने स्कूलों का ही नाम सुना था। यहाँ तो बस धरती, और सिर्फ़ धरती ही थी—फ़सल उगाने के लिए, और ज़मींदार जैसे-तैसे ज़रूरत के आदमी जुटाता रहता। यही कारण था कि श्री जार्ज ने नीता लेपादातू से आगे प्रश्न पूछकर समय नष्ट नहीं किया। उन्होंने ताड़ लिया कि जो व्यक्ति उनके सामने खड़ा है...वह एकदम कंगाल है, जिसका न कोई घर-बार है, न कोई गाँव, किन्तु देखने में तगड़ा है और मेहनती। बस, उनके लिए इतना ही काफ़ी था।

"मंजूर।" उन्होंने मुदित होकर कहा, "नीता लेपादातू, मैं तुम्हें अपने मवेशियों की देखभाल के लिए रख लेता हूँ और अगर तुम ढंग से काम करोगे तो मैं भी मज़ूरी देने में ईमानदारी बरतूँगा। तुन्हें एक कोट, फ़र के अस्तर वाली एक जाकिट, ज़रूरत के वक़्त जूते और सिर ढकने के लिए एक कपड़ा दिया जाएगा। खाने-पीने की तुम्हें यहाँ कोई कमी न रहेगी। ईश्वर की दया से यहाँ भरपूर है। रियासत के और नौकरों के साथ तुम किसी भी झोंपड़ी में सो सकते हो।—और ढंग से बर्ताव करने की कोशिश करना...मैं भी इनाम देने से हाथ नहीं खींचूँगा।"

"मालिक," नीता ने धीमे स्वर में कहा, "आज तक मैं तो ख़िदमत ही करता आया हूँ। मुझे पूरी उम्मीद है, आप मेरे काम से सन्तुष्ट होंगे।"

ज़मींदार ने जेब से एक छोटी-सी नोट-बुक निकाली और नये नौकर का नाम लिख लिया। ठीक-ठीक मज़ूरी तय करने के बाद उसने और बातों के साथ-साथ वह भी नोट कर ली। फिर उसने नोट-बुक बन्द करते हुए कहा, "बस, हो गया। अब तुम बूढ़े के साथ जा सकते हो। कल मैं तुम्हारे काम की तफ़सीलें तय कर दूँगा।"

श्री जार्ज ने जेब से एक सिक्का निकाला और उसे नीता को देते हुए कहा, "ईमानदार बनो और डटकर काम करो। सब अपने-आप ठीक हो जाएगा। अच्छा, मेरी शुभकामनाएँ तुम्हारे साथ हैं।"

नये नौकर ने ज़मींदार का हाथ चूमा और कुछ क़दम पीछे खड़े बूढ़े के साथ हो लिया।

श्री जार्ज ने बरामदे का दरवाज़ा बन्द कर लिया।

दोनों आदमियों ने फिर अपनी टोपियाँ पहन लीं और झोंपड़ियों की ओर चल पड़े।

"चलो, आख़िर तुम हमारे संग रहोगे," ताऊ नस्तासे ने प्रसन्न होकर कहा।

"मुझे भी ख़ुशी है," नीता बोला, "मेरा तो पीने को मन कर रहा है। दो बूँद ब्रांडी ख़रीद लेते।"

"क्यों नहीं बेटे, लेकिन यहाँ आसपास कोई शराबघर नहीं है; लेकिन हाँ, शनिवार की शाम को कोई-न-कोई घोड़े पर जाकर शराब ले आता है। घबराओ नहीं, कभी बाद में हम ज़रूर इस घड़ी की याद में अपनी सेहत का जाम पिएँगे, जब हम पहले-पहल मिले थे। मैं सोचता हूँ, अब तुम हमारे ही संग रहोगे। ज़मींदार सचमुच दयालु व्यक्ति हैं।"

"सो तो है ही—जवान भी हैं, और मिलनसार भी," लेपादातू ने सोचते हुए कहा।

सूरज डूब चुका था। पतझड़ की गोधूलि का आलोक अभी ताज़ा था। झोंपड़ियों में आग सुलगाई जा रही थी। मवेशियों के डकारने, कुत्तों के भौंकने, और मानवों के कामकाजी स्वर सुनाई पड़ रहे थे।

अचानक निस्तब्धता में उन्हें एक पहाड़ी से दूसरी पहाड़ी तक गूँजती सरपट दौड़ते घोड़ों की टाप सुनाई पड़ी।

सहसा सूर्यास्त की बैंगनी आभा में भयभीत कंठों से काँव-काँव करते हुए कौओं का झुंड उठा और एक पंक्तिबद्ध गिरोह में उड़ता हुआ शाम की डूबती रोशनी में बिखरकर ग़ायब हो गया।

जब ताऊ नस्तासे और नीता लेपादातू झोंपड़ियों के पास पहुँचे तो उन्हें काम से वापस लौटते हुए लोगों की आवाज़ें स्पष्ट सुनाई पड़ीं। ऊपर, घाटी-तले मवेशियों के बाड़ों के परे, जगह-जगह आग चमक रही थी। लोग मकई के दलिये में कलछियाँ घुमा रहे थे; आग की लपटों की रोशनी में उनकी काली छायाएँ इधर-उधर घूमती अजीब-सी दीख रही थीं।

वे आग पर पहुँचे। मकई के दलिये की गंध उनके नथुनों में घुसने लगी। एक बड़े-से पतीले में बकरे का गोश्त पकाया जा रहा था और उसके ऊपर भाप की मोटी परत घुमड़ रही थी। मज़दूर ब्यालू का इन्तज़ार कर रहे थे। अलग-अलग क़िस्म के लोग थे, अलग-अलग वेशभूषा में। कुछ के चेहरे कोमल और सफ़ेद थे; कुछ के काले और तेज़ आँखों वाले। कुछ के कपड़े सफ़ेद थे, जैसे अक्सर मोत्दोवा नदी के किनारे दिखाई देते हैं, कुछ के काले-स्याह, मैदानों में रहने वालों की वेशभूषा की तरह के। कुछ लम्बे फेल्ट-हैट पहने थे, कुछ ने लाल धागे से सिली चटाई की गोल टोपियाँ, कुछ फ़र की पुरानी टोपियाँ पहन रखी थीं, जो बारिश और कड़कती धूप से घिस गई थीं।

वहाँ कुछ बच्चे भी थे—दस-बारह वर्ष के गँवार लड़के—जिनके सिर बिलकुल नंगे थे। सिर ढकने के लिए उनके पास सिर्फ़ उलझे, बिखरे बालों के गुच्छे थे। सिर पर गहरे रंग के भूरे रूमाल बाँधे और ब्लाउज़ पहने कई स्त्रियाँ भी इधर-उधर आ-जा रही थीं। पुरुषों की अपेक्षा उनके चेहरे

ज़्यादा स्याह और उदास दिखाई देते थे। दिन-भर की कड़ी मेहनत में चूर वे सब-के-सब ख़ामोश थे।

मवेशियों के बाड़ों के खपच्चियों के घेरों के भीतर जगह-जगह आग चमक रही थी। लाल लपलपाती लपटों में आसपास की भीड़ के चेहरे बार-बार दमक जाते थे। लम्बी गर्दन वाला एक पतला-दुबला लड़का एक बड़े ढेर से सरकंडे निकाल-निकालकर आग में झोंकता जाता था।

ताऊ नस्तासे और नीता लेपादातू ज़मीन पर उकड़ूँ बैठ गए। हवेली का एक नौकर लकड़ी के छोटे-से चम्मच से मकई का दलिया चला रहा था। दूसरा नौकर मांस के पतीले के सामने एक बड़ा-सा करछुल लिये तैयार खड़ा था।

भूखे लोग अपने-अपने हाथों में कटोरे लिये प्रतीक्षा कर रहे थे। किसी ने भी अजनबी की ओर ध्यान न दिया। जब सबके कटोरों में करछुल से मांस का शोरबा और बोटियाँ परोस दी गईं और वे चुपचाप खाने में लीन हो गए तब कहीं जाकर उन्होंने अग्नि के रक्तिम आलोक में ऊपर-नीचे, इधर-उधर देखना शुरू किया। उनकी दृष्टि नवागन्तुक पर पड़ी और वे उससे बातें करने लगे।

यद्यपि नवागन्तुक उनमें से बहुत ही थोड़े लोगों को जानता था, फिर भी उस शाम उसे बहुत-से लोगों के प्रश्नों का उत्तर देना पड़ा।

काफ़ी रात गुज़र गई। अधिकांश लोग जी भरकर पेट भरने के बाद अपने-अपने घर चले गए। केवल इक्के-दुक्के ही आग के इर्द-गिर्द बैठे रह गए। अब नीता लेपादातू कुछ झोंपड़ी वालों को जानने-पहचानने में लगा।

उसकी जान-पहचान सबसे पुराने गड़ेरिए धिओर्धे बार्बा से हुई, ज़मींदार के शिकारी मिहालाके प्रेसकुरिए से हुई, और खलिहानों के रखवाले बूढ़े इरीमिया इंद्राइल से हुई।

हर शनिवार की रात की तरह वे आज भी आग तापते हुए उस लड़के की प्रतीक्षा कर रहे थे जो घोड़े पर शराब लाने गया था।

आख़िरकार चारों ओर सन्नाटा घिर आया। हवेली में बत्ती जल रही थी और दूर कुछ झोंपड़ियों में आग चमक रही थी। यहाँ-वहाँ कुछ आवाजें सुनाई दे जाती थीं। सन्नाटे और छाँहों के समुद्र से घिरे इस अभागे प्रदेश में इन आवाज़ों की हल्की फुसफुसाहट बहुत कोमल और आत्मीय जान पड़ती थी।

लड़का ब्रांडी लेकर आ गया। अब वे आग के चारों ओर बैठकर पीने लगे; और पतझड़ के काम की कठिनाइयों और सर्दियों की तैयारियों के सम्बन्ध में आपस में बातचीत करने लगे।

अचानक रात की सघन हवा को भेदती हुई सरपट भागते हुए घोड़े की टाप सुनाई दी। फिर वह टाप पास आ गई। घोड़ा मवेशियों के बाड़े के सामने आकर खड़ा हो गया।

ताऊ नस्तासे ने खिलकर कहा, "सान्दू फालीबोगा है।"

"बिलकुल वही," एक भारी, खुरदरी आवाज़ सुनाई दी।

आग की रोशनी में उन्हें एक पतला-दुबला, लम्बी गर्दन वाला व्यक्ति दिखाई दिया। भौंहों के नीचे दो काले गड्ढों में उसकी आँखें चमक रही थीं।

उसने गर्दन में चाबुक लपेट रखा था और हँस रहा था। ऊपर के दो दाँत ग़ायब थे।

"मैं सरपट भागा आ रहा हूँ—सीधा पवन-चक्की से," वह तेज़ी से बोला, "काश, तुम श्री नास्त्रातिन को देख सकते—वे अपने घोड़ों के पीछे कैसे भाग रहे थे।"

वह खुलकर हँसा और उसकी छोटी-छोटी आँखें चमकने लगीं। उसने चारों ओर देखा और उसकी निगाहें सुराही पर जा टिकीं।

"अच्छा, तुम्हारे पास शराब है!" उसने ऊँचे स्वर में पूछा, "ज़रा सुराही इधर तो खिसकाना!"

पीने के बाद उसने फिर चारों ओर देखा और उसकी आँखें नीता लेपादातू पर ठहर गईं।

"यह कौन है?" सिर को पीछे की ओर झटका देकर उसने चट से पूछा।

बोलते समय उसका टेंटुआ गले की चमड़ी के नीचे ऊपर-नीचे फिसलता रहता था।

"यह नया आदमी है," ताऊ नस्तासे ने मुस्कराते हुए कहा, "मवेशियों की देखभाल के लिए रखा गया है।"

"अच्छा, ख़ूब : कहाँ से आ रहे हो?"

“नेगोएस्ती से,” लेपादातू ने कोमल स्वर में कहा।

“और तुम्हारा नाम?”

“नीता।”

“नीता क्या?”

“नीता लेपादातू।”

“यहाँ क्यों आए हो?”

“काम की तलाश में।”

“काम? अच्छा, देखेंगे।”

उसने तीक्ष्ण दृष्टि से नवागन्तुक को परखा। ब्रांडी का दूसरा घूँट हलक़ में उतारा और खखारते हुए गला साफ़ करने लगा। “कम्बख़्त बड़ी तेज़ है। हाँ, नेगोएस्ती से क्यों भागे?”

“भागा नहीं, मर्ज़ी से छोड़ आया हूँ।”

“अच्छा, यह भी देखेंगे। अच्छा, तो तुम्हें मवेशियों के लिए रखा गया है? लड़के, अभी से जान लो, तुम्हें मेरे नीचे काम करना होगा। मेरा नाम सान्दू फालीबोगा है। कभी मेरा नाम सुना है?”

“सान्दू फालीबोगा, आपसे मिलकर ख़ुशी हुई। नहीं, मैंने आपका नाम पहले कभी नहीं सुना।”

“नहीं सुना, तो अब सुन लोगे। तुम्हें जानते देर नहीं लगेगी कि मैं कौन हूँ। यदि काम करने में पक्के हो, तब तो मेरे संग निभ जाएगी—वरना भगवान जानता है...”

फालीबोगा खों-खों करता हुआ हँसने लगा। उसने अपना सिर उठाया और बोलना जारी रखा :

“उफ़, काश, आप लोग अपने घोड़ों की खोज में लगे श्री नास्त्रातिन की हालत देख सकते। सूर्यास्त की तरफ़ मैं एक टीले की चोटी से उन्हें देख रहा था। नास्त्रातिन हमारी आँखों में धूल नहीं झोंक सकते। घोड़ों के मामले में मैं एक ही उस्ताद हूँ। उनकी रग-रग पहचानता हूँ। ऐसा लगता था, मानो उनके ढोरों को हमारी रियासत में चरने के अलावा और कोई काम ही न हो!

ज़मींदार साहब रोज़ देखते कि खेत तहस-नहस हो गए हैं और चारों ओर घास कुचली पड़ी है। रहे घोड़े, तो उनका कहीं नाम-निशान नहीं। उन्हें ढूँढ़कर कैसे पकड़ा जाए, यही सवाल था। सूर्योदय होने से पहले ही नास्त्रातिन के पट्ठे उन्हें भगा ले जाते थे।"

"'अच्छा, तो यह बात है!' मैंने मन-ही-मन सोचा—ख़ैर, सब्र से देखते चलो। सो कल रात मैंने अपनी सफ़ेद घोड़ी ली और नास्त्रातिन की रियासत में घुस गया—उसके घोड़ों के पास!...मेरी घोड़ी की घंटी टुनटुन करने लगी और धीरे-धीरे एक-एक करके सारे जानवर मेरे पीछे आने लगे।...आख़िर मैंने भी कोई कच्ची गोलियाँ थोड़े ही खेली हैं—मैं सब समझता-बूझता हूँ। कभी इधर, कभी उधर घुमा-फिराकर चक्कर काटता मैं ढोरों को हवेली पर ले आया। अब वे हवेली में बँधे हैं और नास्त्रातिन साहब का बुरा हाल है। ज़रा देखते जाओ—अब उन्हें कितना जुर्माना भरना पड़ता है—आख़िर कोई अन्धेर थोड़े ही है। पहले ये जानवर हमारी रियासत में आर-पार मस्तमौला बने घूमा करते थे। अब वह बात बीत गई। मैं कहता हूँ, फालीबोगा से बचकर कहाँ जाएँगे? मेरे पास कोड़ा भी है और बन्दूक़ भी। पटवारी, नौकर, चौकीदार—कोई भी हो, यदि किसी ने हमारी रियासत में पाँव रखा, तो खाल उधेड़कर रख दूँगा। मैं तो सच्चा आदमी हूँ—अगर हम अपने पड़ोस की रियासत में दो-चार क़दम रख भी दें तो कोई बात नहीं, लेकिन जहाँ तक हमारी रियासत का सवाल है, ख़बरदार जो उधर पैर बढ़ाया।"

फालीबोगा रुका और क्रुद्ध दृष्टि से चारों ओर देखने लगा।

"सुराही कहाँ है? गला सूखा जा रहा है," वह नीता की ओर मुड़ा, "लेपादातू, क्या तुम्हारा ब्याह हो गया?"

"नहीं, अभी नहीं," लेपादातू ने रूखे स्वर में कहा।

"मैं तो शादीशुदा हूँ और मेरी बीवी किसी चुड़ैल से कम नहीं। घोड़े पर सवारी करती है और आदमियों की तरह बन्दूक़ चलाती है।"

"वाह, तब तो ख़ूब जोड़ी है," प्रश्नकर्ता की ओर देखे बिना ही लेपादातू ने कहा।

फालीबोगा सुराही को होंठों से लगाते-लगाते रुका और नाक-भौंह सिकोड़कर बोला, "ख़बरदार," उसने रोष-भरे स्वर में कहा, "तुम्हारी इतनी जुर्रत!"

"क्यों, जैसा तुम्हारा सवाल है, वैसा ही मेरा जवाब," नीता ने धीरे से कहा।

"अच्छा, यह बात है! तुम शायद भूल गए कि तुम्हें मेरे संग काम करना है?"

"नहीं, मैं कुछ नहीं भूला।"

"और फिर भी तुम्हें मुझसे डर नहीं लगता?"

"नहीं..."

फालीबोगा उछलकर खड़ा हो गया और चाबुक उठा लिया। किन्तु लेपादातू तैयार था—उसने लपककर अपने चोग़े से लकड़ी की मूठ वाली एक भारी पीतल की छड़ी निकाल ली।

"सुनो, फालीबोगा," लेपादातू ने कहा, "मैं अमन-पसन्द आदमी हूँ। एक छोटे-से शब्द से, ज़रा-सी स्नेह-सहानुभूति दिखाकर तुम मुझे अपना बना सकते हो। लेकिन मुझे भड़काने की कोशिश करोगे तो अच्छा नहीं होगा—और यह बात अपनी गिरह में अच्छी तरह बाँध लो कि मैं डरने वाला शख़्स नहीं हूँ..."

फालीबोगा ने अपना सिर झुका लिया और नीता को घूरने लगा। जवाब में लेपादातू भी बिना पलक झपकाए डटकर उसे घूरता रहा।

"अरे, छोड़ो भी," अचानक ताऊ नस्तासे तेन्त्या ने अपनी पतली आवाज़ से बीच में टोकते हुए कहा, "तुम दोनों भी बस कमाल करते हो। एक-दूसरे पर नज़र पड़ते ही कुत्ते-बिल्ली की तरह लड़ने लगे!"

"ताऊ नस्तासे," शान्त भाव से अपनी छड़ी चोग़े में डालते हुए नीता ने कहा, "आपने एकदम सच्ची बात कही है—मेरे मन में किसी के लिए मैल नहीं है, और मैं हमेशा हरेक को अपना दोस्त बनाना चाहता हूँ। मैं किसी से घृणा नहीं करता।"

"तुम—मेरे दोस्त?" फालीबोगा ग़ुस्से में चिल्लाया। फिर वह ठहाका लगाकर हँसने लगा। उसके मैले दाँत चमके।

"सुनो नीता," वह कहने लगा, "तुम्हारी छड़ी बढ़िया है, समझे? ऐसे साथी के संग तुम निडर होकर सारी दुनिया घूम सकते हो। चलो, अपना गिलास उठाओ—दोनों एक-दूसरे के लिए जाम पिएँ।...बस, इतना याद रखो, तुम्हें मेरा हुकुम बजाना पड़ेगा। तुम अभी जवान हो, रही मेरी बात, तो मेरे बाल सफ़ेद होने लगे हैं।"

"यह ठीक है। जैसा आप चाहें..." फालीबोगा ने जो सुराही आगे बढ़ाई थी, उसे लेते हुए नीता ने कहा।

सान्दू फालीबोगा आग के पास बैठ गया। उसने सिगरेट बनाकर सुलगाई और फिर उछलकर खड़ा हो गया।

"मैं ज़रा भेड़िया घाटी तक चक्कर लगाने जा रहा हूँ, अभी लौट आऊँगा," उसने अपनी मोटी आवाज़ में घोषणा की। हवा में चाबुक फटकारकर सिगरेट फूँकता हुआ बाहर चला गया।

उन्हें सरपट भागती सफ़ेद घोड़ी की टापें सुनाई दीं—पहले पास, फिर धीरे-धीरे दूर, और कुछ देर बाद वे रात के सन्नाटे में खो गईं।

आग के इर्द-गिर्द जुटे लोग कुछ देर ख़ामोश रहे। ताऊ नस्तासे ने सरकंडों का एक और गट्ठर आग में झोंक दिया। धियोर्धे बार्बा ने ब्रांडी की सुराही रोशनी में खिसका ली। अब झोंपड़ियाँ घने अँधेरे में डूब गई थीं। ऊपर अन्धकार में सिर्फ़ एकाकी तारे चमक रहे थे। हवा जो दिन-भर चलती रही थी, अब मवेशियों के बाड़े की खपच्चियों में काँप रही थी।

आख़िर चौकीदार मिहालाके प्रेस्कुरिए ने मौन तोड़ा :

"ज़मींदार को फालीबोगा-जैसा अमीन न पहले कभी मिला, न फिर कभी मिलेगा। वह तो यों समझो, जैसे हवा की तरह रियासत में उड़ता फिरता है...इन खेतों की ऐसी देखभाल पहले कभी नहीं हुई।"

"कहाँ का रहने वाला है वह?" लेपादातू ने पूछा।

प्रेस्कुरिए उसकी ओर मुड़ा। "मुझे नहीं मालूम," उसने जवाब दिया,

"किसी को नहीं मालूम।...लेकिन यह सबको मालूम है कि वह यहाँ कब आया था—गर्मियों के दिन थे, लोगों ने देखा, एक अजनबी खलिहान के पास सो रहा है। हमें फ़ौरन ख़बर मिली और शाम के समय हम उसे आग के पास ले आए और खाने-पीने को दिया। उसने बताया कि वह बड़ी दूर से आया है। घुड़सवार पुलिस उसका पीछा कर रही है। किन्तु वह सचमुच कहाँ से आया था—भगवान जाने! हो सकता है, वह कहीं से भागकर आया हो—शायद जहाज़ की ग़ुलामी से मुक्ति पाने के लिए। ज़मींदार के कानों में भनक पड़ते देर न लगी कि कोई अजनबी उनकी रियासत में आ गया है। यही नहीं, उन्होंने उसे मकई के ढेर पर भी बैठे देखा था—पर कुछ बोले नहीं। वैसे भी क्या किसी ने यहाँ आसपास पुलिस के लोगों को देखा है? और फिर जहाँ तक भगोड़ी का सवाल है, अगर उनसे छेड़छाड़ की जाए तो क्या पता, वे ग़ुस्से में आकर अनाज भस्म कर दें या आप पर ही हमला कर दें। सो, जब एक दिन ज़मींदार साहब मवेशियों के बाड़े में मुआयना करने आए, तो उन्हें एक आदमी मिला। उन्होंने उससे मीठी बातें कीं और काम पर लगा लिया। तभी से फालीबोगा हमारे साथ है। इस तरह अब हमारे ज़मींदार को उसके रूप में एक अथक मेहनती और कट्टर नौकर मिल गया है।"

"सचमुच, वह जितना मेहनती लगता है, उतना ही बेरहम," नीता लेपादातू ने कहा।

ताऊ इरीमिया इंद्राइल ने—जो उनमें सबसे बड़े थे—नवागन्तुक की ओर उदास दृष्टि से देखा।

"लेकिन मेरे बेटे," उन्होंने कहा, "मुझे लगता है, तुम जहाँ भी रहे हो, वहाँ तुम्हें काफ़ी भोगना पड़ा है। तुम जानो, जब मैं किसी को देखता हूँ तो उसका मन जाँच लेता हूँ, और देखता हूँ कि उसने कितना भोगा है।"

"ऐसा कौन है जिसने भोगा न हो?" नीता ने कहा, "मुझे अपने माता-पिता की कोई याद नहीं। जिन अजनबियों के बीच मेरा पालन-पोषण हुआ, उनमें से कुछ मुझे मारते-पीटते थे। कुछ ऐसे भी थे जिनके दिल में मेरे लिए दया और सहानुभूति थी। इसी तरह मैंने सहृदय लोगों की क़द्र करना सीखा है।

उन्हें देखकर लगता है, मानो उन्हें ईश्वर से कोई ख़ास देन मिली हो। मैंने हमेशा काम किया है, लगातार किसी-न-किसी की ग़ुलामी करनी पड़ी है। और मैं आपसे सच कहता हूँ...मैंने हमेशा ईमानदारी और स्वामिभक्ति से काम किया है। मैंने प्रुत और ज़िज़िया नदियों के किनारे छान डाले हैं। लोगों को कहते सुना है कि उनके परे भी बहुत-से बड़े-बड़े देश, गाँव और क़स्बे हैं जहाँ बड़ी तादाद में लोग रहते हैं—पर मैं वहाँ कभी नहीं गया। मुझे तो यही इलाक़ा ज़्यादा पसन्द हैं। यहाँ लोग कम हैं। वैसे भी ज़्यादा दूर जाना मेरे बस का न था...मैं ग़रीब जो था। अपनी तरफ़ से मैंने हमेशा जी-तोड़कर काम किया है—लेकिन ज़मींदारों से मुझे कभी कुछ नहीं मिला। मेरा तो भाग्य ही खोटा है। मैंने अपनी ज़िन्दगी ऐसी झोंपड़ियों में ही काटी है। थाल में जो आ गया, वही खाकर सन्तोष कर लिया। मैं तो लद्दू जानवर की तरह काम करता रहा हूँ और कभी किसी से तू-तू, मैं-मैं की नौबत नहीं आई। अचानक एक दिन मेरे मन में ख़याल आया कि मुझे भी ज़रा दुनिया देखनी चाहिए। फ़िलहाल मैं यहाँ ठहर गया हूँ...और यहाँ अभी से मेरी तबियत रम गई है।...बड़े शहरों की भीड़-भक्कड़ में मेरा जी नहीं लगता—क्या करूँगा वहाँ रहकर? मुझे तो बस जानवरों के संग रहना अच्छा लगता है। उन्हीं के बीच बड़ा हुआ हूँ और इनसे मेरी बनती भी ख़ूब है..."

"आह...मेरे लड़के!" ताऊ इरीमिया इंद्राइल ने कहा, "सचमुच तुम्हें बहुत-सी मुसीबतें उठानी पड़ी हैं। ख़ैर, एक बात मैं तुमसे कहता हूँ, बड़े शहरों का जादू और लोगों की भीड़-भाड़ जिसने न देखी, वह पछताया। कम-से-कम जवानी में तो यह सब देखना ही चाहिए। मैंने लोगों से सुना है कि अब तो वहाँ आग उगलने वाली गाड़ियाँ चलने लगी हैं। लोग दुमंज़िले-तिमंज़िले मकान बनाते हैं...और उन शहरों में रात-दिन लोगों की रेलमपेल रहती है, जैसे हमारे यहाँ सावेनी के मेले पर। लेकिन अब तो मेरे बाल पक गए... मुझे इन बातों से क्या लेना-देना! देखो नीता...हम लोग यहाँ ब्रांडी की सुराही के चारों ओर जमा हैं। अब तुम अपने को ही लो। तुम मैदानों से आ रहे हो, मिहालाके प्रेस्कुरिए प्रुत नदी के पार से आए हैं, धियोर्धे बार्बा पहाड़ों के

रहने वाले हैं, लेकिन बचपन में ही यहाँ आ बसे थे। यानी जितने भी लोग अब इस रियासत में रहते और काम करते हैं, शुरू-शुरू में वे सब अजनबी थे। हम सब यहाँ...इस वीराने में बस गए, क्योंकि यहाँ ज़मीन थी, रहने के लिए ठौर था...मुझे ही लो। बुढ़ापा आ गया। कल...परसों...कब चल बसूँ, कोई भरोसा नहीं। ईश्वर की महिमा देखो...मैं भी यहीं बस गया। और बेटे... तुम्हें मालूम होना चाहिए कि जवानी में मैं यहूदी था...अचानक एक दिन ईश्वर ने मेरे भीतर ऐसी प्रेरणा दी कि मैंने धर्म-परिवर्तन कर लिया। यह उसी प्रेरणा का फल है कि आज से सत्तर वर्ष पहले मैं उन लोगों से जुदा हो गया जिन्होंने ईसा मसीह को सलीब पर चढ़ाया था। अब मैं मोल्दावियाई ईसाई हूँ, और ईश्वर की इच्छा से तुम सब लोगों के संग दुनिया के इस कोने में ज़िन्दगी काट रहा हूँ।"

"भैया इरीमिया, अब ज़रा मेरी भी सुनो," ताऊ नस्तासे तेन्त्या ने अपनी पतली, मिमियाती आवाज़ में कहा, "सोचो तो, मैं कहाँ से आया हूँ? हा... हा...मैंने भी कोसों दूर से आकर यहाँ डेरा जमाया है।...तेरह-चौदह साल बीतने को आए, जब मेरी बीवी मुझे छोड़कर कहीं चली गई...मैं अपनी लड़की मार्धियोलीता के साथ अकेला रह गया। हाँ, देखो...अब शनिवार की रात है...हम यहाँ गप-शप करते हुए मज़े से शराब पी रहे हैं। न जाने कितने वर्षों से हम यहाँ पर शनिवार को अड्डा जमाते हैं।...अब इस नीता को ही लो—अभी यह जवान है, लेकिन एक दिन यह भी हम जैसा हो जाएगा और अपने साथियों के संग शराब पीता हुआ हमें...आज के बूढ़ों को—याद करेगा। अपना वक़्त तो ऐसे ही गुज़र जाता है...हमेशा अपने ही लोगों के बीच। न यहाँ कोई गिरजा है, न कोई पादरी। हम तो वीराने में रहने वाले ग़रीब लोग हैं।"

धियोर्धे बार्बा अपने सफ़ेद बालों वाले सिर को हिलाते हुए हँसने लगे।

"देखो जवान, यह एक यहूदी है, न जाने कब से इसी ढंग की बातें करता आया है...दूसरे हमारे बाबा नस्तासे हैं जो बोलते कम हैं, मिमियाते ज़्यादा हैं। किसी भी विषय पर बातें हों...ये लोग अपनी लीक नहीं छोड़ते।... गिलास खड़खड़ाए, जी-भरकर ब्रांडी पी और बिस्तर पर जाकर ढेर हो गए।

मैं पहाड़ों से आया हूँ—वहाँ जंगल-ही-जंगल हैं। क्या आपमें से किसी ने ऐसे जंगल देखे हैं? अगर तुम अपने ज़मींदार की जैसी दस रियासतें एक साथ जोड़ दो—अरे दस क्या, सौ जागीरें भी एक संग लगा दो, तो भी वे हमारे जंगल का—हरे-भरे फ़र-वृक्षों से लदे हमारे जंगल का—मुक़ाबला नहीं कर सकेंगी। और इन जंगलों में जो झरने गरजते बहते हैं, उनकी शोभा तो देखते ही बनती है—ठीक, जैसे जाड़ों में यहाँ हवा गरजती है। आह...यहाँ की दुनिया ही निराली है! क्या पता, मैं किसी दिन वहाँ वापस चला जाऊँ—ऊँहूँ, न जाने कितनी बार मैं यह कह चुका हूँ, लेकिन जैसा चरवाहा बनकर आया था, वैसा ही हूँ। मालिक की ख़िदमत में ज़िन्दगी गुज़ार दी...लेकिन कभी उन स्थानों में जाना न हो सका जहाँ मैंने अपनी जवानी के दिन बिताए थे। अब भी वहाँ जाने की तमन्ना बनी है—चाहे वहाँ जाकर मर ही क्यों न जाऊँ!"

बड़ी देर तक नीता लेपादातू आग के इर्द-गिर्द बैठे इन लोगों की बातें सुनता रहा। बीच-बीच में अपनी बारी आने पर ब्रांडी की सुराही उठाता और 'तरल-ज्वाला' के दो-चार घूँट गले में उतार लेता। धीरे-धीरे एक हल्की-सी खुमारी उस पर छाने लगी—एक गहराती हुई कोमलता की भावना। कुछ देर बाद बातचीत का स्वर बहुत ही धीमा और मद्धिम पड़ गया—मानो उनकी आवाज़ें पतझड़ की हवा की हल्की फुसफुसाहट में घुल-मिल गई हों—हवा, जो मवेशियों के बाड़े पर लगे बाँसों के जँगले में सरसरा रही थी।

अगला दिन रविवार था। सुबह से ही नीता लेपादापू ज़मींदार के मवेशियों की देखभाल करने में जुट गया। सान्दू फालीबोगा उसे मवेशियों के बाड़ों में ले गया और अपने भारी, खुरदरे स्वर में उसको काम बताने लगा :

"ये हैं वे जानवर बेटे, जिनकी हम देखभाल करते हैं। इधर इस तरफ़ दुधारू गायें हैं और उसमें बाँझ—आगे उस तरफ़ बछियों का बाड़ा है।

सब जानवर क़ायदे से रखे गए हैं। तुम दुधारू गायों की देखरेख करोगे। तुम इन्हें अच्छी से अच्छी जगह घास चराने ले जाना। दलदली मैदान के पास, जहाँ की घास अब भी हरी है—जहाँ अब भी बाजरे की बालियाँ हैं।"

"ठीक है—चलो, अब तुम मुझे ये जगहें भी दिखा दो।"

"चलो-चलते हैं। वैसे ये नंग-धड़ंग छोकरे तक उन्हें जानते हैं।"

फिर इन्हीं छोकरों को सम्बोधित करते हुए उसने कहा, "सुनते हो, आज से तुम लोग इनके नीचे काम करोगे—जो ये कहें, वही तुम्हें करना पड़ेगा, वरना तुम्हारे कानों की ख़ैर नहीं। आओ—अब चलें," उसने चीख़ते हुए कहा।

लड़कों ने बाड़ों की चिटकनियाँ खोल दीं...एक-एक करके जानवर बाहर आने लगे। छोटे, बड़े, लाल, सफ़ेद, चितकबरे, मोटे और पतले-दुबले—हर तरह के जानवर थे। लड़के उनके इर्द-गिर्द चीख़ते, सीटियाँ बजाते, हवा में चाबुक फटकारते भाग-भागकर उन्हें ताल की तरफ़ हाँकने लगे।

तभी धूल का एक बड़ा काला-सा बादल लहराकर ऊपर उठा और उन्हें चारों ओर से घेरने लगा।

"मेरे लड़के," फालीबोगा ने कहा, "फ़िलहाल तुम इन सलेटी रंग के घोड़े को अपने पास रखो। घोड़ों की कोठी के भीतर तुम्हें एक छड़ी, रस्सियों का बंडल और चाबुक मिलेगा। और यह ध्यान रखो—यह तुम्हारे मालिक की जायदाद है—इन लड़कों की मदद से तुम्हें इसकी जी-जान से हिफ़ाज़त करनी है—कोई नुक़सान न होने पाए।"

दोनों जने अपने-अपने घोड़ों पर सवार हो गए और ढोरों के पीछे चलने लगे। फालीबोगा अपने रूखे स्वर में उसे सलाह-सुझाव देता जा रहा था। कुछ देर बाद उसने नाक-भौं सिकोड़ते हुए युवक की ओर देखा और कहा, "अच्छा, नीता! कल रात तुम पर मेरा हाथ उठने ही वाला था..."

"लेकिन क्यों?"

"ऐसे ही—तुम्हारे 'क्यों' का क्या जवाब दूँ। कोई मेरे मुँह लगे, यह मुझे पसन्द नहीं..."

"मैंने तो कोई ऐसी बात नहीं की जिससे आप नाराज़ हों। आप ही मुझे कुछ अजीब ढंग से देख रहे थे।"

"मैं तुम्हें अजीब ढंग से देख रहा था?" फालीबोगा नीता की ओर तीक्ष्ण दृष्टि से देखते हुए चिल्ला उठा।

"हाँ, आप मेरी ओर कुछ अजीब ढंग से देख रहे थे—मैं क्या करता।"

"सुनो—लड़के," फालीबोगा ने धीरे-धीरे अपनी फटी आवाज़ में कहा, "मैं तुम्हें एक नेक सलाह देता हूँ। तुम्हें मेरे साथ शिष्टता से पेश आना होगा—जानते हो, कैसे? जैसे नाज़ुक शीशे के गिलास के साथ..."

फालीबोगा ने तेज़ी से अपनी सफ़ेद घोड़ी मोड़ ली।

"और देखो—जानवरों का ख़याल रखना," वह फिर चिल्लाया, "अलविदा!"

उसने चाबुक फटकारा और धूल के बादलों में ग़ायब हो गया।

वह सड़क ताल की ओर जाती थी। जानवरों का झुंड धीरे-धीरे उतरने लगा। सबसे आगे गायों की घंटियाँ टुनटुना रही थीं। ताम्रवर्णी बादलों से सूर्य झाँक रहा था। सहसा समूचा वातावरण सुनहरी आभा में नहा उठा। फिर घाटियों और पहाड़ियों पर फीका-सा आलोक बिखरने लगा। हवेली और झोंपड़ियाँ बहुत पीछे छूट गईं। वह झील भी पीछे रह गई जिस पर जंगली बतख़ों की डारें उड़ रही थीं। कुछ देर बाद घंटियों का स्वर बन्द हो गया। जानवर ठहर गए और अपनी गर्दनें बढ़ाकर शान्त भाव से घाटी की गीली घास चरने लगे।

अपने छोटे, सलेटी रंग के घोड़े पर सवार नीता लेपादातू झुंड का चक्कर काटने लगा। जब वह लड़कों के सामने से गुज़रता, तो वे कनखियों से उसकी ओर देखने लगते। जब कभी कोई गाय झुंड से बाहर भटक जाती तो सुबह की ताज़ी हवा में एक-एक चीख़ गूँज जाती : 'अरे-अरे, किधर? इस तरफ़ आओ!'

पर जल्दी ही सारी आवाज़ें बुझ गईं और ख़ामोशी ने हर चीज़ ढक ली। कभी-कभी एक छोटी-सी घंटी बजने लगती थी। ताज़ी घास चरती हुई गायें धीरे-धीरे बढ़ रही थीं।

कभी-कभार घाटी के ऊपर कोई पक्षी आसमान पार करता अपने पीछे केवल एक तीखी चीत्कार की गूँज छोड़ जाता। वह कहाँ से आया था? इस सूनेपन में वह क्यों भटक रहा था?

लेपादातू उछलकर नीचे कूदा और उसने अपने घोड़े को एक खूँटे से बाँध दी। फिर वह लड़कों से बातचीत करने की चेष्टा करने लगा। वह उनसे हर गाय का नाम और उसकी आदतों के सम्बन्ध में पूछताछ करने लगा और लड़के उसके प्रश्नों का उत्तर देते-देते उसे एक के बाद एक सबके पास ले गए। कुछ देर बाद नीता लेपादातू ने उनसे उनके नाम और उनके माता-पिता के बारे में प्रश्न किये। कुछ लड़कों के माता-पिता झोंपड़ियों में रहते थे, बाक़ी ग़रीब अनाथ थे, जो किसी सुदूर गाँव से इस तरफ़ भटक आए थे—रोटी का टुकड़ा खोजते हुए।

नीता लेपादापू ने बड़े स्नेह से उनसे सवाल किये। और उनकी आवाज़ें सुनते-सुनते वह स्वयं इस नये अजनबी प्रदेश के बारे में सोचने लगा जहाँ वह भटककर आ गया था। न जाने उसका भावी जीवन कैसा हो!

नवम्बर का महीना बीता और उसके साथ ही ख़ुश्क मौसम में भी परिवर्तन आ गया। अपने ढोरों के संग घूमता-फिरता नीता अब रियासत का कोना-कोना, उसके सुदूरतम स्थल छान चुका था। अब वह घाटी की पगडंडियों, झरनों, दलदल से भरी खाइयों और झीलों को अपनी हथेली की तरह पहचानने लगा था। लोगों और जानवरों के नामों से, फालीबोगा के क्रोधी स्वभाव से और ज़मींदार की रुचियों से भी अब वह भली-भाँति परिचित हो चुका था। बीच-बीच में वह घाटी के नीचे झरने की पनचक्की में जौ पिसवाने जाता था। शाम होने पर वह लड़कों और झोंपड़ियों में रहनेवाले लोगों की मदद से एक प्रकार का जौ का सत्तू बनाया करता और उसे गौओं की अधूरी जाड़े की ख़ुराक में मिला दिया करता।

बाक़ी—कम-से-कम फ़िलहाल—ज़िन्दगी आराम से कट रही थी।

पर नीता अच्छी तरह जानता था कि जल्दी ही जाड़ों की बारिशें शुरू हो जाएँगी, फिर पाला पड़ना शुरू हो जाएगा और अन्त में आएगी कड़कड़ाती ठंड, अपने भयानक हिम-झंझावातों के संग। तब ज़िन्दगी कठिन हो जाएगी—पूरे मौसम मवेशियों के संग बाहर घूमते या सरपत की चहारदीवारी के भीतर मवेशियों के बाड़ों के पीछे या फिर किसी घास-फूस के छप्पर के नीचे दिन काटने पड़ेंगे।

अपने मवेशियों के संग आते-जाते वह उन लोगों को झोंपड़ियों में काम करते देखता रहता। कोई दीवार के सूराख़ बन्द करता होता, कोई टूटी-फूटी छतों की मरम्मत करता होता।

ज़मींदार उनका साथ कभी न छोड़ते—बराबर सलाह देते और बताते कि उन्हें क्या-क्या काम करना है।

नीता को यह जानते देर न लगी कि उनके युवा मालिक स्वयं रियासत के काम का संचालन करते हैं। वे सुबह तड़के ही उठ जाते, दो घोड़ों से जुती अपनी छोटी-सी गाड़ी में इधर-उधर घूमते रहते और रात होने तक काम में जुटे रहते। कभी टीलों के ऊपर चढ़ जाते, कभी ढलान पर नीचे उतरते, खेतों को जुतता हुआ देखते, भेड़ों के बाड़ों का मुआयना करते, अस्तबलों और खलिहानों के चक्कर काटते। वे प्रश्नों की झड़ी लगा देते थे, लोगों के काम में दोष निकालते, नाराज़ होते, शान्त हो जाते—और फिर अपनी गाड़ी में जितनी तेज़ी से आते थे, उतनी ही तेज़ी से लौट जाते। उनके काले चेहरे और चमकती आँखों से स्पष्ट रूप से उनकी बलवती इच्छा और दृढ़ संकल्प का पता चल जाता था कि वे धन-दौलत जमा करने के लिए यथाशक्ति कोशिश करते रहेंगे।

'ताऊ नस्तासे ने सच ही कहा था,' नीता ने सोचा, 'आख़िर इन्हें इतनी धन-दौलत और ज़मीन की ज़रूरत क्या है?'

एक दिन शान्त नवम्बर में शनिवार के तीसरे पहर नीता लेपादातू ने बूढ़े की झोंपड़ी में हो आने का निश्चय किया। जिस दिन वह यहाँ आया था तब से वह उनसे नहीं मिला था, क्योंकि उसे काम से एक मिनट की भी छुट्टी नहीं मिली थी।

बूढ़ा उस छप्पर में था जिसमें लोग धान फटक रहे थे। सफ़ेद कुत्ता ग़ुस्से से भौंकने लगा और उसकी टाँगों को पकड़ने की कोशिश करने लगा। ताऊ नस्तासे, फ़ौरन हाथ में छड़ी लिये गालियाँ देते बाहर आए।

"कोल्तुन—सत्यानाश हो तेरा! चल, भाग इधर से!"

कुत्ता सिर नीचा किये, धीरे-धीरे गुर्राता छप्पर के पीछे खिसक गया।

नीता आगे बढ़ा। बूढ़े ने उसे देखते ही पहचान लिया और प्रसन्न भाव से मुस्कराया।

"अच्छा-अच्छा, तुम हो।" अपनी तीखी-फटती आवाज़ में उसने कहा, "तुम्हें यहाँ आए एक महीना तो हो गया होगा—जब एक सुखदायक हवा तुम्हें इस इलाक़े में बहा लाई थी—क्या हालचाल है, नीता?"

"मज़े में हूँ," लेपादातू ने उत्तर दिया।

उसने अपनी पालिश की हुई छड़ी नीचे रख दी और अपने कनटोप वाले चोग़े को ठीक करने लगा।

"अच्छा, फालीबोगा से कैसी निभ रही है?"

"सब ठीक है।"

बूढ़ा हँसने लगा।

"हाँ-हाँ—अच्छा ख़ूब—बहुत अच्छे—मैंने शुरू में ही ताड़ लिया था कि वह तुम्हें अपनी अँगुली पर नचाना चाहता है—ऊँहूँ! चिन्ता की कोई बात नहीं—काम में ऐसा ही होता है—हर क़िस्म के आदमी से निभानी पड़ती है।"

"मैं तो अपने काम से काम रखता हूँ—और हम ठीक ही निभे जा रहे हैं," नीता ने चारों ओर नज़र घुमाते हुए कहा, "लेकिन ताऊ नस्तासे, आप लोग अब भी धान फटक रहे हैं? यह धान है या दरिया—कोई अन्त ही नहीं..."

"हाँ-हाँ, यहाँ अपनी ज़मीन पर ऐसा ही होता है," बूढ़े ने तनिक गर्व से कहा, "इस साल फ़सल बहुत बढ़िया रही—न जाने कितनी गाड़ियाँ अनाज से लाद दीं—और अभी उतना ही नहीं, उससे भी ज़्यादा अनाज लादने को पड़ा है। कौन जाने, ज़मींदार ने कितना रुपया कमाया होगा? ढेरों, ढेर सारा।

एक दिन मैं पता करने वाला था—लेकिन ज़मींदार साहब मौसम के सूखेपन से परेशान थे—इसलिए बात वहीं छोड़ दी।"

"सूखे में हल चलाने वालों की आफ़त है," नीता ने कहा।

"लड़के, आफ़त तो सभी की है—लेकिन किया क्या जाए? मैंने तो ज़मींदार से भी कहा था, 'जार्ज साहब,' मैंने कहा, 'यह तो ईश्वर की करनी है—हम लोग कर ही क्या कर सकते हैं—जब ईश्वर की मरज़ी होगी, तब पानी बरसते देर नहीं लगेगी...' "

"और उन्होंने क्या जवाब दिया? क्या वे हँसने लगे?"

"नहीं, वे हँसे नहीं। उन्होंने अपना सिर हिलाया और सोच में डूबे हवेली में चले गए। जी हाँ—मैं तो कहता हूँ—चाहे कोई आदमी ज़मींदार ही क्यों न हो, कोई-न-कोई परेशानी तो पीछे पड़ी ही रहती है। अच्छा—ख़ैर, आओ, झोंपड़ी में चलते हैं," बूढ़े ने सिर हिलाकर उसे न्योता दिया।

वे खलिहानों के बीच तिरछे बढ़ने लगे। इधर-उधर ज़मीन पर भूसा और मकई के छिलके बिखरे पड़े थे। ज्यों-ज्यों वे धीरे-धीरे आगे बढ़ते गए, हवा का शोर और धान फटकने की आवाज़ धीमी पड़ती गई। नीता ने सिर उठाकर देखा तो पल-भर के लिए उसे मानो झोंपड़ी के चौखटे में मार्धियोलीता का सिर जड़ा हुआ दिखाई दिया।

"ओ—लड़की!" झोंपड़ी के निकट पहुँचते ही बूढ़ा चिल्लाया फिर ताऊ नस्तासे हँसने लगे, "अरे मार्धियोलीता—सुनती नहीं? जा, थोड़ा-सा ताज़ा पानी ले आ। शायद तेरे पास कुछ चीनी भी हो? अरी, देखती नहीं, कौन आया है? वही प्यासा आदमी...।"

लड़की तेज़ी से झोंपड़ी से बाहर आई। उसके एक हाथ में बाल्टी थी और दूसरे हाथ में प्याला। लेपादातू उसे देखकर मुस्कराने लगा।

"अब मैं उतना थका-प्यासा नहीं हूँ जितना उस दिन था," वह बोला और फिर उसने नज़रें मिलाते हुए जोड़ा, "कैसे हालचाल हैं?"

"हालचाल क्या होंगे?" मार्धियोलीता ने उत्तर दिया, "बस, लगातार अकेले रहना और लगातार काम करना।"

"अरी, तू हवेली में भी तो गई थी," बूढ़े न कहा, "वहाँ संन्यासिन ने इसे फीते बनाना सिखाया है। उसने इसे कुछ चीनी भी दी थी। इसे भी तो दो, मार्धियोलीता, इसे भी तो कुछ चीनी-पानी दो, जैसे ज़मींदार देते हैं।"

लड़की सकुचाकर मुस्करा दी और उसने अपने ब्लाउज़ में से एक मुड़ा-तुड़ा काग़ज़ निकाला। उसने धीरे-धीरे उसे खोला और चीनी की कुछ डलियाँ छाँटीं। कुछ नीता को दीं, और कुछ अपने पिता को, फिर पानी की बाल्टी और छोटा-सा लोटा लाकर उनके सामने रख दिया।

लड़का झोंपड़ी के सामने बैठ गया। बूढ़ा मकई के डंठलों के ढेर पर पड़ा रहा। मार्धियोलीता खड़ी रही और चीनी की डली को कुतरते हुए लेपादातू ने देखा कि वह सफ़ेद ब्लाउज़ पहने है जिसकी बाँहों और कॉलर पर फीता टँगा है। उसके सँवारे हुए बाल चमक रहे हैं, और उसकी काली घनी चोटियाँ सिर के चारों ओर मुकुट की तरह गुँथी हैं। वह उसे पहले से ज़्यादा लम्बी दिखाई दी और लाल पेटी से कसी उसकी कमर और भी सुन्दर दीख रही थी।

वह आँख उठाए गर्मी की धूप में तपे उसके चेहरे को देखता रहा। उसकी निगाहों से बचने के लिए मार्धियोलीता ने अपनी ताम्रवर्णी आँखें किसी और चीज़ पर टिका ली थीं।

"इस चीनी से तो तुलसी की ख़ुशबू आ रही है," नीता ने लोटे में पानी भरते हुए कहा।

लड़की ठहाका मारकर हँस पड़ी। उसकी चमकती आँखें सिकुड़ आई थीं।

अरे, कुछ न पूछो," ताऊ तेन्त्या ने कहा, "ये लड़कियाँ न जाने कैसे-कैसे घास-पात अपने ब्लाउज़ों में दबाए रहती हैं!"

"लेकिन पिताजी, तुलसी कोई घास-पात थोड़े ही है," मार्धियोलीता ने जल्दी से कहा।

वह लोटा-बाल्टी उठाकर तेज़ी से झोंपड़ी के भीतर चली गई।

सूरज की मद्धिम किरणों में बाहर बैठे बातें करते वे काफ़ी देर तक झोंपड़ी से आती खटर-पटर की आवाज़ सुनते रहे। किन्तु जब मार्धियोलीता

को बूढ़े की तीखी आवाज़ न सुनाई दी, तो वह झोंपड़ी से बाहर निकल आई और किशोरी की तरह सहमती-सकुचाती नीता से थोड़ी दूर पर आकर बैठ गई।

ताऊ तेन्त्या उठकर सुअरों के बाड़े में चले गए थे, जहाँ कुछ बच्चे चीख़-चिल्ला रहे थे। जब नीता ने देखा कि वे काफ़ी दूर चले गए हैं तो वह मार्धियोलीता की ओर मुड़कर स्निग्ध भाव से मुस्कराने लगा।

"कल ही मैंने खलिहानों की तरफ़ आने की सोची थी," उसने कहा, "और देखो, मौसम की मुझ पर कितनी कृपा है।"

"हाँ, इस बार के जाड़े सचमुच सुन्दर हैं," मार्धियोलीता ने उत्तर दिया, "मेरे तो कुछ फूल खिलने वाले हैं।"

"तुम फूल कहाँ से लाती हो? यहाँ तो आसपास कहीं देखने को नहीं मिलते...?"

"हवेली की रखवालिन ने इन गर्मियों में मुझे दो पौधे दिये थे। उसके पास काफ़ी पौधे हैं। उसी के कहने पर मैंने उन्हें झोंपड़ी के पास गोबर की क्यारी में रोपा था, जहाँ धूप भी काफ़ी आती है। वे उग आए और अब काफ़ी ख़ूबसूरत हो गए हैं। कुछ ही दिनों में खिल जाएँगे..."

एक क्षण के लिए उनकी आँखें मिलीं और वे मुस्कराए।

"जहाँ से मैं आ रहा हूँ, वहाँ झोंपड़ियों के आगे फूल नहीं दिखाई देते," नीता ने कहा, "यहाँ पनचक्की का जो घटवार है, वह एक दिन मुझे बता रहा था कि और जगहों में फूलों और वृक्षों से लदे बाग़-के-बाग़ होते हैं—वह जर्मन है और सारी दुनिया घूम चुका है। वह बहुत बातें जानता है। एक बार वह मुझसे कह रहा था कि उसने इतने बड़े-बड़े शहर देखे हैं, जो दो दिन में भी पार नहीं किये जा सकते। वह ऐसी चक्कियों की चर्चा भी कर रहा था, जो अग्नि-मोटरों से चलती हैं—हमारे ज़मींदार की अनाज फटकने की मशीन की तरह। ये चक्कियाँ इतनी बड़ी होती हैं कि देश भर की फ़सल देखते-देखते पीस डालें। वह रेलों के बारे में भी बता रहा था..."

"रेलें क्या होती हैं?" मार्धियोलीता ने आश्चर्य से पूछा।

"मुझे नहीं मालूम, लेकिन सुना है कि वे ऐसी गाड़ियाँ होती हैं जो इंजन की मदद से चलती हैं—बहुत तेज़ रफ़्तार से—चाहे बारिश हो या बर्फ़—किसी की परवाह नहीं करतीं। अभी यहाँ हैं—और अभी आँखों से ओझल।"

"कैसी अजब चीज़ें हैं!" लड़की ने दबे स्वर में कहा, "परियों की कहानी की तरह—यहाँ तो कुछ भी नहीं।"

"चक्की के घटवार के पास घड़ी भी है," नीता ने जोड़ा।

"और ज़मींदार के पास भी तो है," मार्धियोलीता ने टोककर कहा, "रखवालिन ने मुझे दिखाई थी..."

"मेरी बड़ी इच्छा है, एक बार सारी दुनिया घूमकर ये चीज़ें देखूँ," नीता ने मुस्कराते हुए कहा।

मार्धियोलीता ने कुछ नहीं कहा। वह सोच में पड़ गई।

पतझड़ की वह शाम बहुत शान्त थी। एक असीम मौन ने विस्तृत भूखंडों को उदासी से भर दिया था।

आवाज़ें ख़ामोश हो गई थीं। पास की झाड़ियों में मकड़ी के बड़े-बड़े जाले चमक रहे थे। कभी-कभी हवा का अदृश्य झोंका जालों के लम्बे, चमकीले रेशमी धागों को धीमे से उड़ाकर निस्तब्ध हवा में डुलाने लगता। झोंपड़ी के दरवाज़े के सामने नीता और वह लड़की एक-दूसरे के निकट बैठे रहे—बिलकुल अकेले। वे अब बोल नहीं रहे थे—लगता था, जैसे कोई रहस्यमय तार उन दोनों को एक-दूसरे के समीप खींच रहा हो। अचानक गोबर के घूरे के पास छोटी-सी झाड़ी से एक नेवला बाहर निकला। सूरज की रोशनी से चकाचौंध होकर वह भयभीत मुद्रा में ठिठक गया और अपनी सुइयों-सी तेज़ काली आँखों से इधर-उधर देखने लगा। उसकी खाल इतनी सफ़ेद थी कि उसे देखकर बरबस ताज़ी, सफ़ेद बर्फ़ की हल्की नीलाहट याद हो आती थी। आँख झपकते ही वह तीर की तरह ग़ायब हो गया। युवक-युवती ने एक-दूसरे की ओर देखा और एक स्निग्ध-सी मुस्कराहट दोनों के होंठों पर सिमट आई।

सूरज डूबने पर नीता लेपादातू ढोरों के पास लौट गया। उसके हृदय में प्रेम की कोमल नवजात भावना उमड़ रही थी। वापस आते ही उसने बाड़े

का निरीक्षण किया और लड़कों के संग मिलकर मवेशियों को जौ का चारा दिया। कुछ देर बाद औरतें दूध दुहने की बाल्टियाँ लिये आ पहुँचीं। झोंपड़ी में लोग लालटेनें और आग जलाने की तैयारी कर रहे थे। फिर धीरे-धीरे चारों ओर घनी शान्ति घिर आई—ऊपर स्याह नीला आकाश फैला था, एक बड़े चँदोवे-सा, जिस पर मानो किसी ने लम्बी सुनहरी कीलें जड़ दी हों।

भेड़ की खाल से बनी अपनी जाकिट में लिपटा हुआ नीता लेपादातू जानवरों के पास ही घास के ढेर पर लेट गया। आकाश की ओर देखता हुआ वह तारों को गिनने लगा—धीरे-धीरे उसके होंठों पर सब बड़े-बड़े तारों के नाम आने लगे। इन तारों के नाम उसने पहले-पहल उन बड़े-बूढ़ों से सुने थे, जिनके बीच उसका बचपन बीता था। वह कुछ भी नहीं सोच रहा था। उसे अपना अकेलापन अच्छा लग रहा था। किन्तु कुछ देर बाद उसे लगा, जैसे पास ही अँधेरे में मार्धियोलीता की आँखें चमक रही हैं। उसने अपनी पलकें मूँद लीं और उसे लगा, जैसे स्वप्न में मार्धियोलीता उसके पास चली आई है। उस क्षण उसे विश्वास हो गया कि वह सचमुच उसे चाहने लगा है और तीव्र उत्कंठा से उससे दुबारा मिलने की प्रतीक्षा कर रहा है।

उसने झट से अपनी जलती आँखें खोल दीं। सामने फैला था आकाश का असीम विस्तार और जगमग करते तारे। उसने चारों ओर देखा और सुनने लगा। कुछ भी सुनाई नहीं दे रहा था। सिर्फ़ जुगाली करते जानवरों की आवाज़ उसके कानों में पड़ जाती थी। ज़मींदार की हवेली और झोंपड़ी गहरी ख़ामोशी में डूबी थीं।

नीता खड़ा हो गया और उसने अपनी बकसुए वाली पेटी कसकर बाँध ली। फिर उसने पीतल की मूठ वाली छड़ी चोग़े में ठूँस ली और भेड़ की खाल वाला कोट कन्धे पर डालकर खलिहानों की तरफ़ चलने लगा।

मवेशियों के बाड़े के पास—उन झोंपड़ियों के सामने जिनमें बूढ़े लोग रहते थे—अब भी एक आग जल रही थी। वह धीरे-धीरे उसकी ओर बढ़ने लगा। कुछ फ़ीट के फ़ासले पर वह फालीबोगा की खुरदरी आवाज़ और ताऊ नस्तासे का मिमियाता स्वर सुन सकता था। वह अब बे-झिझक पहाड़ी पर चढ़ने लगा।

कुछ दूर अँधेरे में खलिहानों की छाया देखकर उसकी गति धीमी पड़ गई। वह सतर्कता से उनका चक्कर काटते हुए दरवाज़े की ओर बढ़ने लगा। किन्तु उस सफ़ेद बड़े कुत्ते ने उसकी पदचाप सुन ली और ज़ोर-ज़ोर भौंकने लगा। एक ही छलाँग में वह उसके सामने आकर खड़ा हो गया, मानो उसे नीचे पटक देने के लिए व्याकुल हो।

"कोल्तून—ए कोल्तून," लड़के ने उसे पुकारने की कोशिश की।

किन्तु उसे शान्त करने की सब चेष्टाएँ बेकार गईं। छड़ी से अपने को यथासम्भव बचाते हुए नीता एक-एक क़दम झोंपड़ी की ओर बढ़ने लगा।

अनाज फटकने वाली झोंपड़ी से एक बोझिल उनींदी-सी आवाज़ सुनाई दी। "कौन है?"

और उसी समय रात की निस्तब्धता में मार्धियोलीता का गूँजता स्वर सुनाई दिया। वह कुत्ते को बुला रही थी। कोल्तून ने तुरन्त भौंकना बन्द कर दिया। झोंपड़ी के आसपास ख़ामोशी घिर आई और नीता दबे पाँव दरवाज़े की ओर बढ़ने लगा।

"अरे तुम हो?" लड़की ने पूछा।

नीता ने कोई उत्तर नहीं दिया। वह चुपचाप उसके पास आकर खड़ा हो गया और उसके हाथ पकड़ लिये।

"मैं फ़ौरन समझ गई थी कि कौन होगा," लड़की ने फिर कहा, "किसलिए आए?"

"यों ही...मैंने सोचा...मैंने सोचा, चलो, ज़रा तुमसे मिल आऊँ," नीता ने घुटे स्वर में उत्तर दिया।

उसने धीरे से उसे कमर से पकड़कर अपने पास खींच लिया—मार्धियोलीता ने कोई विरोध नहीं किया। नीता ने उसे अपने बाहुपाश में बाँध लिया और उसे लगा, जैसे मार्धियोलीता के वक्ष से तुलसी की गंध आ रही है।

"नहीं," उसने सहसा धीमे स्वर में कहा, "अभी नहीं—तुम दिन के समय कभी आना, फिर हम बातचीत करेंगे। इस वक़्त यहाँ से चले जाओ—पिताजी आते होंगे।"

नीता ने कभी कल्पना नहीं की थी कि वह इतनी आसानी से अपने को उसकी बाँहों से मुक्त कर लेगी। जब वह उससे छिटककर अलग खड़ी हो गई तभी उसे इसका अहसास हो पाया। उसने सुना, झोंपड़ी का दरवाज़ा बन्द हो गया है और दरवाज़े की चिटकनी चढ़ा दी गई है। कुत्ता फिर भौंकने लगा था, पहले से भी अधिक ज़ोर-ज़ोर से।

"कौन है?" झोंपड़ी से वही उनींदी आवाज़ फिर सुनाई दी।

नीता जिस रास्ते से ऊपर आया था उसी से पहाड़ी के नीचे उतरने लगा।

"यह लड़की भी एक शैतान ही है, उसने सोचा, 'रात के वक़्त किससे कैसी बातचीत करनी चाहिए, सब अच्छी तरह जानती है—शायद अब दरवाज़े के पीछे बैठकर हँस रही होगी—मुझे कम-से-कम इस कुत्ते से दोस्ती गाँठनी चाहिए, पहला काम मुझे यही करना होगा। जहाँ तक मेरा ख़याल है, वह मुझे नापसन्द नहीं करती। आह—वह जानती थी कि मैं जल्द-से-जल्द लौटकर उससे मिलने आऊँगा...'

वह धीमे स्वर में अपने से ही बातें करता जा रहा था। जब वह बाड़े के पास पहुँचा तो मुस्करा रहा था।

'यह प्यार है, यह प्यार है,' उसने पुलकित होकर सोचा।" एक अकथनीय सुख से उसका सर्वांग काँप रहा था।

कुछ अचेतन-सी अवस्था में वह जानवरों के पास चला आया—उसी जगह, जहाँ वह अभी कुछ देर पहले घास के ढेर पर लेटा था। वह तारों की ओर देखने लगा। रात की शीतल हवा धीरे-धीरे उसके गर्म, तपते माथे को छू जाती थी, किन्तु उसे इसका पता भी न था।

कुछ दिनों बाद बीच-बीच में मूसलाधार बारिश होने लगी...और फिर शिशिर की लम्बी, अन्तहीन वर्षा—धुंध की ठोस परतों की भाँति। चारों ओर से लम्बी,

सलेटी दीवारें क्षितिज को ढक देतीं। बादलों की नीची छत से ठंडी, अनवरत बूँदा-बाँदी होती रहती। इमारतें, जानवरों के थान और सूने बाड़े बराबर भीगते रहते। उर्वरा धरती अपनी दरारों से पानी पी लेती और फिर उगल देती, जिससे घर के आँगनों और सड़कों पर लोग और जानवर भयानक दलदल में चिप-चिप करते रहते। पूरे एक हफ़्ते तक झोंपड़ियों वाले मवेशियों के लिए छप्पर बनाने में जी-जान से जुटे रहे। अब वे जानवरों के लिए चारा ढो रहे थे...और बेचारे जानवर दिन-रात एक-दूसरे से सिर सटाए, बिना हिले-डुले घास-फूस के छप्परों-तले उदास, ग़मगीन मुद्रा में खड़े रहते। वे चारे को महज़ कुतर भर लेते...चारों ओर हर चीज़ पर ठंडी नमी-सी छाई रहती।

लोगों ने अपनी झोंपड़ियों से बाहर निकलना छोड़ दिया था। वे अधिकतर चूल्हों के सामने बैठकर अपने गीले कपड़े सुखाते रहते...चूल्हों में आग दिन-रात धधकती रहती। कभी-कभार जब बाहर निकलने की नौबत आती तो वे अपने सिर पर टाट का टुकड़ा लपेट लेते, सुअर की खाल के फटे-पुराने जूते पहनकर इधर-उधर जाते और कभी-कभी रपटकर कीचड़ में गिर पड़ते...फिर जल्दी से जल्दी अपनी झोंपड़ी में लौट जाते।

ऐसे मौसम में फालीबोगा के काम करने की शक्ति और भी बढ़ जाती। सिर और कन्धों को कनटोप से ढके वह अपनी सफ़ेद घोड़ी पर बैठकर चारों तरफ़ चक्कर लगाता रहता और लोगों को ज़बरदस्ती काम करने के लिए मजबूर करता।

ज़मींदार ऐसे मौसम से हमेशा ऊब जाते। इन दिनों घर में उनके लिए कोई काम न रहता। अनाज और सुअरों को—जिन्हें वे गर्मियों में खिला-खिलाकर मोटा किया करते—बेचकर उन्हें छुट्टी मिल जाती। पिछले वर्ष का हिसाब-किताब तैयार करने के बाद वे बिलकुल निश्चिन्त हो जाते। और तब अचानक एक दिन वे गाड़ी जुतवाने की आज्ञा देते, संन्यासिन और अपने मुनीम से अलविदा कहते और फालीबोगा और नौकरों को पीछे छोड़कर आमोद-प्रमोद का जीवन बिताने चल देते।

उनके जाने के बाद वर्षा का प्रकोप और भी बढ़ जाता। आकाश से मूसलाधार बारिश पड़ने लगती...और फालीबोगा पानी में डूबे खेतों को देखता हुआ सन्तोष की साँस लेता :

'हमारा मालिक भाग्यवान है, सचमुच भाग्यवान है।'

मालिक की अनुपस्थिति के कारण रियासत की दैनिक चर्या में कोई परिवर्तन न पड़ता। खलिहान और झोंपड़ियाँ अन्न, वस्त्र और ज़रूरत की चीज़ों से लबालब भरी रहतीं। फालीबोगा के व्यवहार में भी कोई परिवर्तन न आता...पहले की ही तरह स्वामी-भक्त और सतर्क; और शिकारी कुत्ते की तरह ख़ूँख़्वार।

इन उदास और ख़ाली दिनों में बारिश में भीगता नीता लेपादातू कभी इधर जाता, कभी उधर; अपनी प्रेम-पीड़ा को पालने का उसके पास समय ही कहाँ था? वह एक बार और खलिहानों की तरफ़ गया था। पानी में भीगकर बूढ़े की झोंपड़ी गिरने ही वाली थी...उसमें जो एक छोटा-सा कमरा था, वह बहुत ही ठंडा और उदास-सा दिख रहा था।

उसे देखकर मार्धियोलीता मुस्करा उठी थी। पर खिड़की के शीशे से जो रोशनी आ रही थी, वह मानो चेहरे पर एक भूरी धुँधली-सी छाया डाल रही थी। शुरू-शुरू में वह उससे और बूढ़े से खुलकर निस्संकोच बातचीत करता रहा...किन्तु कुछ देर बाद, शाम की तरफ़, तीनों चुप हो गए...मानो अब कहने को कुछ न बचा हो। शाम की उदासी झोंपड़ी पर टूट पड़ी...बाहर कच्ची सपाट छत पर बारिश की हल्की बूँदें बराबर टप-टप गिर रही थीं।

जब लेपादातू झोंपड़ी से बाहर आया, उसके हृदय में बसन्त की लालसा छलछला रही थी। झोंपड़ी की देहरी से मार्धियोलीता की आँखें दूर तक उसका पीछा करती रहीं।

खाल की टोपी पर उसने कनटोप चढ़ा लिया और क़दम-क़दम पर फिसलता हुआ आगे बढ़ने लगा। अपने विचारों में डूबा वह खलिहानों की ढलान से नीचे उतरा और जानवरों के बाड़ों की तरफ़ चलने लगा।

अचानक उसे पतझड़ का वह दिन याद आया जब पहली बार उसे प्रेम की अनुभूति हुई थी। एक बोझिल-सी उदासी ने उसे घेर लिया और उसका हृदय एक गहरे असन्तोष से भर गया। आह, सचमुच वह सर्दी उन बेचारे ग़रीब लोगों के लिए बहुत भयानक है, जिन्हें मिट्टी के कीड़े-मकोड़ों की तरह रहना पड़ता है।

ज्योंही वह बाड़े के पास पहुँचा, उसकी निगाहें फालीबोगा पर जा पड़ीं जो घोड़े पर सवार आँधी-पानी में उसकी बाट देख रहा था।

'पता नहीं, यहाँ क्यों आया है?' अपना कनटोप आँखों पर खींचते हुए नीता दाँतों-ही-दाँतों में धीरे से गुर्राया।

वह चुपचाप अमीन के सामने से गुज़र जाना चाहता था किन्तु उसकी खुरदरी, भारी आवाज़ ने उसे बीच में ही रोक दिया।

"इतनी जल्दी नहीं—लड़के—इतनी जल्दी नहीं। किधर जा रहे हो?"

घोड़ी का मुँह नीता की कुहनी को छू रहा था। फालीबोगा ने सलेटी कनटोप वाला चोग़ा पहन रखा था। वह लपककर घोड़ी से नीचे उतरा और नीता के सामने आ खड़ा हुआ।

"कहाँ गए थे?" नीता की बाँह पकड़कर उसने तीखे स्वर में पूछा।

"तुम्हें इससे कोई मतलब नहीं," नीता ने तनिक झुंझलाकर कहा, "आख़िर तुम चाहते क्या हो? मुझे यों ही क्या कम परेशानियाँ हैं?"

"लेकिन यह तो बताओ, तुम जानवरों को छोड़कर कैसे ग़ायब हो गए?"

"उनकी पूरी देखभाल करने के बाद ही मैं बाहर गया था।"

"सुनो, लड़के! बहुत दिनों से मैं तुमसे ख़ार खाए बैठा हूँ। ख़ैर, आज तुम मुझे ऐसे वक़्त मिले हो, जब मेरा मन ख़ुश है..."

"सान्दू चाचा—मुझे लगता है, तुम शुरू से ही मेरे ख़िलाफ़ हो, पर मैं कर ही क्या सकता हूँ? मैं तो अपने काम से काम रखता हूँ, तुम भी अपने काम से काम रखो..."

नीता ने दृढ़ स्वर में उत्तर दिया था।

वह झोंपड़ियों की ओर जाने के लिए उद्यत हुआ, किन्तु फालीबोगा ने आगे लपककर दुबारा उसका हाथ पकड़ लिया और उसे खींचकर अपनी तरफ ज़बरदस्ती मोड़ लिया।

"ज़रा एक मिनट ठहरो। जल्दी क्या है?" कर्कश स्वर में वह ज़ोर से चिल्लाया।

एक तेज़ झटके से नीता ने अपने को उसकी गिरफ़्त से मुक्त कर लिया।

"सान्दू चाचा—आख़िर आप चाहते क्या हैं?" उसने रूखे स्वर में पूछा।

"कान खोलकर सुन लो," फालीबोगा ने चिल्लाते हुए कहा। ग़ुस्से से उसकी आँखें फटी जा रही थीं, "यहाँ मालिक मैं हूँ—ज़रा तमीज़ से बातें किया करो। क्या तुम मुझे समझा सकते हो कि इतनी बारिश क्यों पड़ रही है कि मैं आज़िज़ आ गया हूँ? और इतनी कीचड़ क्यों है कि आदमी डूब मरे? तो मेरी परेशानियाँ इतनी क्यों हैं कि समझ ही नहीं आता कि क्या करूँ? किसी-न-किसी पर तो मुझे अपनी भड़ास निकालनी ही होगी—किसी-न-किसी के सिर पर तो कोड़ा फटकारना ही होगा—और नीता लेपादातू, मैंने तय किया है कि तुझ पर कोड़ा बरसाऊँ।"

फालीबोगा दाँत दिखा रहा था।

नीता की भौंहें चढ़ गईं। अपना कनटोप कन्धे पर डालकर वह दो क़दम पीछे हट गया।

"क्या तुम ख़ुश नहीं?" फालीबोगा रेंका, "ज़रा ठहरो—अभी तुम मेरे कोड़े को प्यार करना सीख जाओगे।"

उसने अपनी घोड़ी की लगाम छोड़ दी। ख़ुद भी दो क़दम पीछे हटा और अपना काला कोड़ा घुमाने लगा।

"अगर तुमने मेरा सामना करने की हिम्मत की," वह फिर दहाड़ा, "तो मैं तुम्हें चूजे की तरह चीरकर रख दूँगा।...लड़के, जवानी के दिनों में मैंने काफ़ी जौहर दिखाए हैं। मैं चाहता हूँ, और लोगों की तरह तुम भी मुझसे डरना सीखो—ऐसे कि फालीबोगा का नाम सुनते ही कँपकँपी छूटने लगे।"

"लेकिन मैंने तुम्हारा क्या बिगाड़ा है, सान्दू चाचा?" नीता ने हक्का-बक्का होकर पूछा।

फालीबोगा ने हवा में कोड़ा फटकारा, किन्तु खुलती हुई स्प्रिंग की तरह लेपादातू उन पर झपट पड़ा और उसका दायाँ हाथ पकड़कर मरोड़ते हुए उसकी पीठ से लगा दिया।

उसने फालीबोगा का छटपटाता बायाँ हाथ भी पकड़ लिया और उसे खींचकर दूसरे हाथ के पास ले आया और कोड़े की रस्सी से उसने अमीन की दोनों कलाइयाँ बाँध दीं। फिर ग़ुस्से में हाँफते हुए उसने उसे ज़मीन पर पटक दिया, धम-से उसके ऊपर चढ़ बैठा और अपनी पीतल की लम्बी छड़ी खींच निकाली।

फालीबोगा की साँस धौंकनी की तरह चल रही थी—उसकी आँखें निकल पड़ रही थीं। घृणा से काँपता हुआ वह घरघराहट के बीच ग़ालियाँ दे रहा था। उसके मुँह से ब्रांडी की दुर्गंध आ रही थी।

"तुम क्या चाहते हो?" नीता ने उस पर झुकते हुए धुँधली आँखों से पूछा।

बारिश की बूँदें पालिशदार पीतल की छड़ी पर चमक रही थीं।

"नीता, मेरे लड़के," अचानक फालीबोगा भयभीत होकर कराहने लगा, "मुझे मारो मत।"

लेपादातू उछलकर अपने पैरों पर खड़ा हो गया। उसने अपनी छड़ी पीठ के पीछे पेटी में खोंस ली। उसके चेहरे का भाव अचानक कोमल हो आया और उसने अमीन को सहारा देकर खड़ा कर दिया।

"चाचा सान्दू, मैं तुम्हें मारना नहीं चाहता," उसने हड़बड़ाकर कहा, "मेरे मन में तुम्हारे ख़िलाफ़ कुछ भी नहीं है—इससे पेश्तर कि हमारी तनातनी इसी तरह बढ़ती जाए और ईश्वर न करे—मैं कुछ भला-बुरा कर बैठूँ, मैं यहाँ से चला जाना बेहतर समझूँगा—जैसे-तैसे रोटी मिल ही जाएगी। यह रहा तुम्हारा कोड़ा और यह रहा तुम्हारा कनटोप। बारिश हो रही है, अपना सिर ढक लो। अपनी घोड़ी पर सवार होकर वापस झोंपड़ियों की तरफ़ चले जाओ। रहा मैं, सो अब तुम मुझे कभी नहीं देखोगे।"

"तुम कह क्या रहे हो?" फालीबोगा एकदम फूट पड़ा। उसका चेहरा तमतमा रहा था, "तुमने अपनी छड़ी से मुझ पर वार क्यों नहीं किया? मैंने समझा, तुम्हारे पास है ही नहीं—मैंने सोचा, तुम नस्तासे की लड़की से मिलने जा रहे हो, इसलिए अपनी छड़ी घर पर ही छोड़ आए होगे...।"

"सान्दू चाचा, मुझे अपने हाल पर छोड़ दो। मेरे पास तुम्हारे जैसा दिल नहीं है..."

उसने अपना कनटोप आँखों तक खींच लिया और प्रतीक्षा करने लगा। वह निश्चय नहीं कर सका कि उसे झोंपड़ियों की ओर चलना चाहिए या किसी नई, अज्ञात दिशा की ओर।

फालीबोगा एकटक उसकी ओर देखता रहा था मानो वह किसी शब्द या संकेत की प्रतीक्षा कर रहा हो। उसने दुबारा नीता का हाथ पकड़ लिया और ज़बरदस्ती उसे अपनी तरफ़ मोड़ लिया।

"नीता, सुनो," उसका कंठ अवरुद्ध-सा हो गया, "जाओ मत—मैं तुमसे दोस्ती करना चाहता हूँ।"

नीता उसकी ओर देख रहा था। उसके होंठों पर एक महीन-सी मुस्कराहट सिमट आई।

"तुम हँस क्यों रहे हो?" फालीबोगा ने चीख़ते हुए कहा, "तुम मेरा विश्वास नहीं करते? आह! जवानी के दिनों में बहुत दिनों तक मैं बहुत ही ख़ौफ़नाक आदमी था—पता नहीं, शुरू से ही मैं तुम्हारे ख़िलाफ़ क्यों हो गया! मुझे मालूम है, मेरे व्यवहार से तुम काफ़ी झल्ला उठे हो। लेकिन अब मैं देखता हूँ, तुम्हारी अपनी परेशानियाँ कम नहीं हैं—इसलिए मैं चाहता हूँ, बात यहीं ख़त्म हो जाए..."

"छोड़ो भी।" नीता ने कुछ झल्लाए-से स्वर में कहा।

वह जाने के लिए मुड़ा।

"लड़के, देखो, मुझे ग़ुस्सा मत दिलाओ," फालीबोगा ने गुर्राते हुए कहा, "आओ, सुलह कर लें—फिर एक संग शराब पिएँगे।" उसने नीता की दाईं बाँह कसकर पकड़ ली और उसे अपनी ओर खींचने लगा। "आओ, मेरे संग चलो।"

लेपादातू चुपचाप उसके पीछे चलने लगा। बारिश अब भी पड़ रही थी—तेज़ और लगातार। लगता था, जैसे शाम का धुँधलका धीरे-धीरे धुंध बादलों में डूबता जा रहा है।

इन दोनों के बीच जो घटना हुई थी, उसे न किसी ने देखा, न सुना।

झोंपड़ियों के निवासी अपने-अपने तहख़ानों में जा घुसे थे। जहाँ-तहाँ रोशनी का पतला-सा शहतीर चमक जाता और गीलेपन के पर्दे को चीरता हुआ ग़ायब हो जाता था।

फालीबोगा और नीता ऊबड़-खाबड़ रास्ते पर घिसटते हुए चले जा रहे थे।

घोड़ी अपना सिर झुकाए उनके पीछे-पीछे चली जा रही थी।

वे मवेशियों के सूने बाड़े के पास एक झोंपड़ी पर आकर ठहर गए। यहाँ हर शनिवार की शाम को झोंपड़ियों के बूढ़े निवासी जमा हुआ करते थे। आज शनिवार की शाम थी। झोंपड़ी में रोशनी जल रही थी। चरवाहा धियोर्धे बार्बा, इरीमिया इंद्राइल और मिहालाके प्रेसकुरिए भीतर गरमाई में बैठे भोजन कर रहे थे। चौड़े-से चूल्हे में छिपटियाँ जल रही थीं और उसके आगे दो लड़के गीले कपड़े सुखा रहे थे।

फालीबोगा ने ठोकर मारकर दरवाज़ा खोला और झोंपड़ी के भीतर घुस गया। पीछे-पीछे लेपादातू था।

"अरे, ग्रेकुसोर!" उसने रूखे स्वर में एक पतले-दुबले लड़के से कहा, "मेरी घोड़ी बाहर खड़ी है—उसे घर तक छोड़ आ। और सुन—ज़रा ज़ाना से कहना कि वह शराब की सुराही ले आए। चल, झटपट भाग जा—यहाँ खड़ा मुँह क्या ताक रहा है?"

ग्रेकुसोर अपनी जगह से उठ खड़ा हुआ और छाया की तरह बाहर चला गया।

"सुनो भाइयो," फालीबोगा दाँत फाड़कर चरमराती आवाज़ में बोला, "मैं इस लड़के को मिलाने आया हूँ..."

उसने नीता की पीठ थपथपाई।

"हम ज़रा उलझ पड़े थे," वह कहता गया, "लेकिन अब हमारे बीच सुलह हो गई है। क्यों, ठीक है न, लेपादातू?"

नीता कुछ नहीं बोला।

"भले आदमी, कुछ तो बोलो," फालीबोगा ग़ुस्से में चिल्लाने लगा, "आह, अभी तुम मुझे नहीं जानते—तुम नहीं जानते कि मैं कितना ख़ौफ़नाक आदमी हूँ—कटखने कुत्ते की तरह हूँ मैं, लड़के! बस, यों समझो कि मैं लुक-छिपकर काटने वालों में नहीं हूँ। —नीता, इधर बेंच पर आग के पास बैठ जाओ और अपने सिर से कनटोप उतार लो।"

सान्दू अमीन ने लेपादातू का सफ़ेद चोग़ा झटककर उतार दिया, फिर अपना सलेटी रंग का चोग़ा उतारा और नीता को बेंच पर बैठने के लिए मजबूर कर दिया। वह स्वयं चूल्हे के सामने एक छोटे-से स्टूल पर बैठ गया।

"क्या हालचाल है, ताऊ इंद्राइल?" उसने हँसते हुए पूछा, "राम-राम, मैं तो इस बारिश से तंग आ गया हूँ। लगता है, जैसे घने कोहरे में फँसकर मेरा दम घुट रहा है। यहाँ झोंपड़ी में इतना बुरा नहीं लगता—काश, मैं आज शाम को छककर पी सकता!"

ताऊ इरीमिया इंद्राइल ने मुस्कराते हुए उत्तर दिया, "बारिश तो ईश्वर की देन है—उसका हम क्या कर सकते हैं? रहा पीने का सवाल तो जितनी मरज़ी हो, पियो।"

"हाँ-हाँ—अभी मन की निकालता हूँ। बस, ज़रा इस लड़के को चेता लूँ। नीता, बोलते क्यों नहीं?"

"क्या बोलूँ? आप लोगों की बातें सुन रहा हूँ..."

"मुझे लगता है—तुम कुछ शक्की मिज़ाज के हो—लेकिन ख़ैर, छोड़ो।"

वह ज़ोर-ज़ोर से साँस ले रहा था, मानो उसकी छाती पर कोई बोझ रखा हो! उसने चारों ओर देखा।

"बार्चा चाचा—अपनी बाँसुरी उठाकर ज़रा गीली कर लो—फिर एक फड़कती हुई धुन शुरू करो अपने अनोखे अन्दाज़ में।"

"ख़ुशी से—क्यों नहीं!" धियोर्धे बार्बा ने, जो कोने में बैठा था, अपने मोटे स्वर में उत्तर दिया।

कुछ देर वे चुप बैठे रहे।

फालीबोगा मानो कच्चे फर्श को जाँच रहा था। अचानक उसने अपना सिर उठाया और अपनी चमकती आँखें दरवाज़े पर गड़ा दीं।

"ज़ाना, तुम आ गईं?" उसने अपने दृढ़ स्वर में पूछा।

दरवाज़ा खुला और एक नाटे क़द की हृष्ट-पुष्ट स्त्री भीतर चली आई। उसका चेहरा बेहद लाल था और उसकी भौंहें घनी थीं। उसने बारिश से बचने के लिए ओढ़ा हुआ बोरा उतारा, लोगों को देखकर हँसी और फिर अपने कूल्हों पर मुट्ठियाँ रखे फालीबोगा की ओर मुड़ी।

"क्या बात है—इतना चिल्ला क्यों रहे थे?" उसने पुरुषों की तरह ऊँची आवाज़ में कहा, "लो, मैं आ गई और सुराही भी लाई हूँ।"

ग्रेकुसोर सुराही लेकर भीतर आया। फालीबोगा ने उपस्थित लोगों को आमंत्रित किया और तेज़ी से मिट्टी के प्यालों में शराब ढालने लगा।

"यहाँ शराब को देखे मुद्दत हो गई," उसने खिलकर कहा, "है भी यह पुरानी चीज़। सावेनी में एक यहूदी से मिली थी—लो, मैं यह जाम ज़ाना की सेहत के लिए पी रहा हूँ—बर्षों से हम एक-दूसरे को चाहते हैं और यह मेरे साथ दुनिया भर का चक्कर लगा चुकी है—और मैं नीता लेपादातू की सेहत के लिए भी यह जाम पी रहा हूँ ताकि वह मेरे दिल को पहचान सके—अच्छा, चाचा बार्बा, तुम्हारी बाँसुरी तैयार है?"

उसने एक घूँट में ही प्याला ख़ाली करके ज़ाना को थमा दिया।

औरों ने भी अपने-अपने प्याले खनकाए और पीने लगे।

लेपादातू भी पी रहा था। फालीबोगा उसे ध्यान से देख रहा था। धियो बार्बा ने एक देसी पहाड़ी धुन छेड़ दी।

"अपने यहाँ पहाड़ों में बाँसुरी की आवाज़ ही दूसरी होती है," धुन पूरी करके उसने कहा, "वहाँ बाँसुरी बजाओ तो लगता है, जैसे घाटियाँ और दर्रे भी सुर मिला रहे हों।"

"क्या कह रहे हो, बार्बा?" सान्दू अमीन ने चीख़ते हुए कहा, "ज़रा ज़ाना से पूछो, वह तुम्हें अपनी राय बताएगी—तब, जब हम पहाड़ों पर विचरा करते थे।"

"हाँ, हमने बहुत दुनिया देखी है," ज़ाना ने स्वप्निल भाव से कहा।

वह आग की हल्की गरमाई के और पास सरक आई थी।

"सचमुच," फालीबोगा बोला, "जब कभी मैं उन जंगल और मैदानों के बारे में सोचता हूँ, जो हमने घोड़ों पर बैठकर पार किये हैं—आह, उन दिनों हम कितने जोखिम का काम कर रहे थे...!"

अमीन स्वयं अपनी स्मृतियों से अभिभूत होकर मुस्कराने लगा।

प्याले फिर भर दिये गए—सब पी रहे थे। चूल्हे पर लपलपाती आग की लपटों के प्रकाश में फालीबोगा की आँखें चमक रही थीं। हाथ में प्याला उठाए वह सीधा होकर बैठ गया और अपने भारी कंठ से गाने लगा :

ज़ाना, ज़ाना, ओ ज़ाना
जाना, बिस्तर लगाना
मेरा,
सड़कें जहाँ तीन-चार
आकर के मिलती हों
वहाँ भट्ठी के पास में
काई में, घास में
कल-कल का नाद सुनूँ
उतरे जब लाल-परी!

"याद आया तुझे, ज़ाना?" उसने कहा। उसका चेहरा एक अजीब-सी मुद्रा में चमक रहा था, "मैंने यही गीत गाकर तुझे अपने संग दुनिया में घूमने का निमंत्रण दिया था—और ज़ाना, तू? तूने कितना दुःख दिया, ज़ाना! प्यार और दुःख से मेरा दिल काजल की तरह काला हो गया था—और वह इसलिए रागाज़न! वह मेरा गीत तुझे सुनाता फ़िरता था और तू—मैं तेरी ओर देखता था और तू आँखें फेर लेती थी :

हल्का करने को अपने शापों का भार
उस सुन्दर लड़की से मैंने किया।
प्यार।
नाज़ुक और पूरे ईमान से
छक जाता है सब कुछ
प्रेम-पान से।
और पान किया मैंने एक नहीं दो नहीं।
पूरे चालीस दिन।
पी डाली मैंने अपनी बढ़िया सफ़ेद
घोड़े को बेचकर
मैंने नहीं पी थी शराब
इतनी
मज़ेदार!

फालीबोगा की आँखें अपनी पत्नी पर टिकी थीं। उसका स्वर कर्कश हो आया था—लगता था, जैसे गाने के बजाय वह शब्दों की खींचतान कर रहा हो।

उसने गट-गट करके शराब का दूसरा प्याला भी ख़त्म कर डाला और नीता लेपादातू की ओर मुड़ा।

"ओह नीता, मेरे दोस्त! इस औरत को देखते हो? जब मैं जवान था, तो इसी के संग मैं चोरी करने जाता था। काश, तुम जान सकते, हमने कैसी-कैसी नदियाँ पार कीं, किन-किन जंगलों में भटके, कैसे-कैसे मरुस्थलों की खाक छानी—आह, अब मैं सब भूल चुका हूँ। हम दोब्रूजा गए, बरागान और प्रुत नदी के उस पार—हम पहाड़ों पर चढ़े और फिर घाटियों में उतरे—न जाने हमने कितने घोड़े चुराए और उन्हें मशहूर नस्लों का नाम दिया। इसके लिए मुझे जेल की हवा भी खानी पड़ी—लेकिन मैं वहाँ से भाग निकला। ज़ाना मुझे हर जगह खोजती और पता लगाकर ही दम लेती। और अब सज्जनो! मैं ईमानदार और स्वामी-भक्त सेवक बन गया हूँ—लेकिन तुम अब भी नहीं जानते कि मैं कौन हूँ। कभी-कभी तो मेरा मन छटपटाने लगता है और

मैं चल देने की सोचने लगता हूँ लेकिन, फिर मैं ज़ाना की तरफ़ देखता हूँ और पीने लगता हूँ--और ज़ाना की आँखें मुझसे कहती हैं—'आओ!' बस, मुझे लगता है, मेरी हड्डियाँ भारी हो गई हैं और वे मुझसे धीमे से कह रही हैं, यहीं रहो!

आह, कोई नहीं सोचता
न किसी को मालूम है
क्या मेरी इच्छा का है कोई अन्त
जिसकी
आज इतनी धूम है!

"बार्बा, चलो, कोई धुन बजाओ—मेरा दिल भारी है...और ज़ाना की आँखें फिर कहती दीखती हैं—आओ!"

औरत मुस्कराई। उसकी मुस्कान चूल्हे की लपटों में चमक उठी। अब भी उसके चेहरे पर सौन्दर्य के कुछ चिह्न बाक़ी थे—आँखों में मद झलक रहा था। उसने अपने आदमी की ओर देखा और उसके स्मृति-पटल पर समूचा अतीत उभर आया—उच्छृंखलताओं और पागलपन से भरा अतीत।

धियोर्धे बार्बा की बाँसुरी एक बार फिर झोंपड़ी में गूँजने लगी, किन्तु इतनी अवसादपूर्ण और मदालस कि लगता था, मानो शिशिर के नीले आलोक में प्रुत नदी के चौड़े मैदान अचानक प्रकट हो गए हों—और चारों ओर असीम का मंत्र-मुग्ध संगीत तिर रहा हो!

ज़ाना ने हाथ के पिछले हिस्से से आँसू पोंछ लिये—फिर, नशे में डूबी उसकी आँखें सुदूर में खो गईं, और वह हँसी में फूट पड़ी।

"अरे नीता," कुछ मिनटों बाद फालीबोगा ने अपनी मोटी आवाज़ में कहा, "यहाँ तक आओ, मेरे संग शराब का एक प्याला और पियो—तुम तगड़े आदमी हो—तुम ऐसे इलाक़ों से आ रहे हो जहाँ पोप और गिरजों की कमी नहीं है—तुम्हारा दिल औरों से अलग है—तुम दया और मैत्री-भावना का मूल्य समझते हो—जिसे मैं आज तक नहीं समझ सका।"

झोंपड़ी की गरमाई छोड़कर जब वे शिशिर की काली रात में बाहर निकले तो काफ़ी देर हो चुकी थी। बूढ़े लोगों ने अपने-अपने बिस्तर की शरण ली। अकेले धियोर्धे बार्बा ने अपनी देह को चोग़े से लपेटकर तय किया कि चलकर देखें, ज़मींदार के बैलों और उनके पास सोने वाले लड़कों के साथ क्या बीत रही है!

नीता लेपादातू फालीबोगा के साथ चल रहा था—ज़ाना आगे थी।

"ज़ाना," अमीन ने कहा, "तू घर जाकर सो जा। मैं अपनी घोड़ी पर ज़रा गश्त लगाऊँगा—ज़्यादा देर नहीं लगेगी।"

स्त्री अँधेरे में ग़ायब हो गई। फालीबोगा अपनी घोड़ी ले आया।

"नीता, मेरे लड़के," उसने कहा, "जाओ, अपना घोड़ा ले आओ और मेरे संग चलो।"

वे गौशाला पहुँच गए और नीता ने अपना घोड़ा निकाल लिया। पल-भर को भी दम न लेने वाली ठंडी और निष्ठुर वर्षा में वे दोनों साथ-साथ चल पड़े।

बड़ी देर तक उनके घोड़े अगल-बग़ल दुलकी चाल से चलते रहे।

नीता गुज़रती जाने वाली जगहों को मुश्किल से पहचान पाता था। पर अमीन ने अपनी घोड़ी हाँकने में ज़रा भी देर नहीं की, मानो दिन के उजाले में हो।

"आज रात मैंने कुछ ज़्यादा ही पी ली है..." उसने कुछ देर बाद कहा, "पर फिर भी मुझे यहाँ के रास्ते अच्छी तरह याद हैं।"

उन्होंने सब बाड़ों का निरीक्षण किया। फिर वे ताल के किनारे-किनारे चलने लगे और चक्की की बग़ल से चढ़कर भेड़ों के बाड़ों पर पहुँचे, और वहाँ से जागीर की उत्तरी सीमाओं तक। जब वे सूनी झोंपड़ियों के सामने से गुज़रते, बारिश में लेटे हुए कुत्ते गुर्राने लगते। इसके अलावा खेत नंगे उजाड़ पड़े थे और दोनों जने मानो किसी काली दीवार में धँसे जा रहे थे, जो धीरे-धीरे सरकती जा रही थी।

वापसी पर फालीबोगा बड़बड़ा रहा था, "मैं जानता हूँ—ठीक यही तो मौसम है। यदि बाड़ों की अच्छी तरह चौकीदारी न की जाए, तो आसानी से दो-तीन आदमी आकर अच्छे जानवरों को भगा ले जा सकते हैं।"

खलिहानों और झोंपड़ों के पास लौटते हुए फालीबोगा अपने फटे स्वर में आवाज़ लगाता और चौकीदार उनींदे स्वरों में उत्तर देते।

अपने मालिकों की भाँति कुत्ते भी नींद में ऊँघ रहे थे। उनकी आहट सुनकर वे एक-दो बार भौंकते और फिर गीली रात की छाँहों तले ख़ामोश हो जाते।

काफ़ी देर बाद वे हवेली के सामने आकर ठहर गए।

"संन्यासिन भी सो रही है," फालीबोगा ने फुसफुसाकर कहा, "अकेली, मालिक के घर में। मुनीम जी बूढ़े हैं, कानों पर टोपी चढ़ाकर वे जल्दी ही सोने चले जाते हैं...अगर मकान में आग लग जाए या बाढ़ में जागीर डूबने लगे तो इन्हें पता भी न चलेगा। और ज़मींदार साहब दूर बैठे गुलछर्रे उड़ा रहे हैं... भगवान जाने, कहाँ! यह भी हो सकता है कि विदेश में हों! और यहाँ...यहाँ फ़ालीबोगा जैसा चोर उनकी सम्पत्ति की रखवाली कर रहा है। आह, नीता, दुनिया में कैसी अजीब बातें होती हैं! ख़ैर, शुभ रात्रि। जाओ, आराम करो।"

लेपादातू ने अपना घोड़ा रोक लिया।

"सान्दू चाचा," उसने कहा, "ज़रा ठहरिए।"

"क्या बात है?"

"सान्दू चाचा, जो भी हुआ, उसके लिए मुझे माफ़ कर दें।"

"सुनो, नीता," फालीबोगा ने हँसते हुए कहा, "तुम सचमुच धर्मात्मा आदमी हो। जाओ, सोने जाओ; बल्कि उस लड़की का ध्यान करो जो वहाँ खलिहानों में रहती है।"

अमीन अँधेरे में ग़ायब हो गया।

लेपादातू घोड़े से उतर गया और उसे अस्तबल में छोड़ आया। फिर उसने जानवरों के पास ही अपना बिस्तर लगा दिया। उसने अपनी छड़ी सिरहाने रख दी और भेड़ की खाल में लिपटकर लेट गया। सोने से पहले काफ़ी देर तक पड़ा-पड़ा वह फालीबोगा के वचन और व्यवहार के बारे में सोचता रहा...कुछ-कुछ अविश्वास से। कुछ देर बाद उसका ध्यान ताऊ नस्तासे की बेटी की ओर चला गया। उस क्षण वह उसे अपने से बहुत दूर

जान पड़ी—आने वाली सर्दियों की हवाओं और शिशिर की धुंध में लिपटी, अनिश्चित लहरों पर काँपती हुई।

सोने से पहले उसे अजनबी पक्षियों का चीत्कार सुनाई पड़ा—अँधेरे को चीरता हुआ।

सप्ताह के अन्त में बारिश धीमी हो गई...पर मौसम अब भी नम था। क्षितिज घनी, सफ़ेद धुंध में लिपटा रहता। सूरज के दर्शन ही न होते—मानो वह किन्हीं दूसरे आसमानों में चला गया हो, अन्य लोकों को आलोकित करने। झोंपड़ियों के निवासी घोड़ों पर सवार होकर हवेली का चक्कर काटते आते-जाते रहते... वे मवेशियों को पानी पिलाने ले जाते और फिर उन्हें अस्तबलों और बाड़ों में वापस ले आते।

छप्परों और खलिहानों के इर्द-गिर्द जाते नौकरों को कठिनाई होती... हवा की सीलन उनके कपड़ों पर चिपक जाती। बस, फालीबोगा की हुंकार ही ऐसी थी जो निरन्तर चीरती हुई सुदूरतम कोनों तक पहुँच जाती, जब वह अपनी सफ़ेद घोड़ी को कीचड़ भरी गलियों और पगडंडियों पर दौड़ाता फिरता।

नीता लेपादातू ने पूरा दिन कपड़ों वाले छप्पर में बिताया ताकि वह अपने और अपने नीचे काम करने वाले लड़कों के लिए सुअर की खाल वाले सैंडल चुन सके, और इसाइया दरज़ी से भेड़ की ख़ाल वाले कोटों की मरम्मत करा सके। चप्पलों और भेड़ की खालों का ढेर छप्पर के शहतीरों को छू रहा था—चर्बी की बोझिल दुर्गंध छोड़ता। दोनों आदमी सूखे फ़र्श पर खड़े चौड़े खुले दरवाज़े के पार बादल भरी सफ़ेद दूरी पर टकटकी लगा रहे थे।

इसाइया बिलकुल गंजा था। उसके चेहरे का रंग स्याह था और वह बूढ़ा हो चला था—सफ़ेद दाढ़ी-मूँछों वाला जिप्सी। वह उकड़ूँ बैठा हुआ भेड़ की खाल के सिरे पर सुई चलाता हुआ धीमे-धीमे बातें कर रहा था।

"मेरे लड़के," उसने कहा, "आज जो तुम्हारे जवान ज़मींदार हैं, उनके पिता श्री योरदाके के ज़माने में मैं खेतिहर ग़ुलाम था। उन दिनों हमारी बस्ती और भी नीचे थी—मोल्वादा के किनारे—और हम दूसरी जागीरों में काम करते थे। उन दिनों खेतिहर ग़ुलामों के लिए अलग से अमीन होते थे जो चाबुक मार-मारकर हमारी खाल उधेड़ देते थे—और हमसे इतना काम लेते थे कि थकान के मारे हाथ-पाँव भी सीधे नहीं कर पाते थे..."

"मैंने सुना है," नीता ने कहा, "उस इलाक़े में बहुत-से गाँव हैं—बिलकुल एक-दूसरे से सटे हुए।"

"अरे, वहाँ की सभी बातें निराली हैं। हर घर की अपनी बग़ीची है और अपना अलग आँगन। यह तो पुराने दिनों में तातारों का देश था। चक्की का घटवार एंटन तो यही कहता है।"

"क्या हमारे ज़मींदार के वालिद बहुत अमीर थे?"

जिप्सी ने सिर हिलाकर हामी भरी।

"ग़ज़ब के! खेत पर खेत, मवेशी और ढेरों नौकर-चाकर—उनके काम देखते ही बनते थे—उन दिनों आव्रामेनू में उनके मकान थे—ऊँचे और आलीशान। मालिक के पाँच बेटे थे और चार बेटियाँ। उनमें से हरेक को दहेज में एक-एक जागीर मिली थी। हमारे ज़मींदार श्री योरदाके जागीरों का बन्दोबस्त भी ख़ूब करते थे—वे बड़े डील-डौल के थे, घनी मूँछों वाले। उनसे सब डरते थे। जब उन्हें क्रोध आता तो ख़ुद श्रीमती प्रोफीरा थर-थर काँपने लगती थी। और अब देखो, क्या हो गया है! तुम कहोगे, छोटे मालिक ने बड़े मालिक से ही सब कुछ सीखा है। जब हम आव्रामेनू में थे, तब योरदाके साहब के पास नेकोलाई नाम का एक अल्बानी अमीन था। काम करने में तेज़ लेकिन बड़ा ही बदमिज़ाज—बिलकुल हमारे फालीबोगा की तरह। यह अल्बानी नेकोलाई अपनी जवानी के दिनों में बटमार भी रहा था। इसी अपराध के लिए उसे जेल में बड़ी कड़ी सज़ा भी मिली थी। ज़मींदार ने उसे छुड़ा लिया और अपनी जागीर में रख लिया—लोगों को ख़ौफ़ दिखाने के लिए। क्योंकि—तुम जानो—उन दिनों के नौकर भी आलसी होते थे।"

जिप्सी खुले दरवाज़े से बाहर देख रहा था, मानो बाहर फैली धुंध में अपनी स्मृतियों को वापस बुला रहा हो; एक बड़े तेज़ चाक़ू से लेपादातू चप्पलों के लिए पट्टियाँ काट रहा था।

"बड़े मालिक की आख़िरी सन्तान हैं ये हमारे जार्ज साहब," इसाइया ने बोलना जारी रखा, "इन्हें मैंने गोद में खिलाया है, कहानियाँ सुनाई हैं, घोड़े पर चढ़ना सिखाया है...लेकिन तब मैं छोटा था। अब वे बड़े हो गए हैं और मैं बस, एक खूसट बुड्ढा बनकर रह गया हूँ। लेकिन वे मुझे भूले नहीं हैं, बराबर मेरा ख़याल रखते हैं। कितने अफ़सोस की बात है कि वह अपनी जवानी इस वीराने में बरबाद कर रहे हैं। वह अभी जवान हैं और जवानी के अपने तक़ाज़े होते हैं—यहाँ हम एकान्त में रहते हैं। जहाँ तक मेरा सवाल है, मैं तो जानता हूँ कि कल नहीं तो परसों मैं सैकड़ों वर्ष पुराने जिप्सियों और खाल उतारने वालों के जुलूस में खो जाऊँगा—किन्तु वे ज़मींदार हैं और अभी चढ़ती जवानी की उम्र है—उन्हें तो कुछ और ही चाहिए एक दूसरे क़िस्म की ज़िन्दगी..."

बाहर, दरवाज़े के पास, हल्की-सी पदचाप और स्त्रियों की आवाज़ें सुनी जा सकती थीं।

"कौन है?" इसाइया ने दाँत भींचकर मानो बे-मन से पूछा।

दोनों व्यक्तियों ने एक साथ नज़रें उठाईं।

अपने कपड़ों की गर्द झाड़ने के बाद संन्यासिन और तेन्त्या की बेटी मार्धियोलीता ने एक साथ झोंपड़ी में प्रवेश किया। उनके पीछे-पीछे जर्मन एंटन भी भारी क़दमों से चला आ रहा था। उसके मुँह में पाइप दबा था और उसने एक पुरानी और गन्दी टोपी पहन रखी थी। उसकी जबर दाढ़ी सफ़ेद धागों में लिपटे लाल ऊन के गुच्छे की-सी थी।

"ऊँ-हूँ," इसाइया धीरे से बुदबुदाया, "ये लोग भी बस—जैसे कोई पार्टी हो रही हो!"

संन्यासिन ने सिर झटका, "नमस्ते कहो, क्या हालचाल हैं?"

"मैं आपका हाथ चूमता हूँ," इसाइया अपनी दाढ़ी में बुदबुदाया।

"यह देखिए," नीता ने कहा, "हम सर्दियों की तैयारी में लगे हैं।" उसने मुस्कराते हुए मार्धियोलीता की ओर देखा।

एंटन ने मुँह के एक कोने से पाइप ठेलकर दूसरे कोने में जमा लिया और भेड़ की खालों के गट्ठर पर बैठ गया। ऐसा लगता था मानो वह अपनी दाढ़ी के भीतर ही भीतर गुर्रा रहा हो।

"गूतबोर्गा, गूतबोर्गा," इसाइया ने हँसते हुए कहा और उसकी ओर देखकर सिर हिलाने लगा।

जर्मन भी मुस्करा दिया और उसने अपने मुँह से पाइप निकाल लिया। वह रूमानियाई भाषा अटक-अटककर बोलता था।

"क्या कर रहे हो, इसाइया?"

"आपका क्या ख़याल है, मैं क्या कर रहा हूँ एंटन साहब? खालों की सिलाई कर रहा हूँ।"

"बहुत अच्छे! बहुत अच्छे!" जर्मन ने अनुमोदन भरे स्वर में कहा और फिर से होंठों के बीच पाइप दबा लिया।

संन्यासिन ने तीखे स्वर में टोकते हुए कहा, "इसाइया चाचा, यहाँ आपके पास लोमड़ियों की खालें होंगी जो एंटन साहब लाए थे?"

"होनी तो चाहिए—ज़रूर होंगी," जर्मन ने सहमति प्रकट की।

"हाँ, हैं।" इसाइया ने उत्तर दिया, "मैं बाक़ायदा उनकी निगरानी करता हूँ—बस, आपका एक बढ़िया-सा कोट बन जाएगा।"

"लोमड़ियों को मैंने मारा था।" भेड़ों की खालों के गट्ठर पर बैठा जर्मन धीरे से बुदबुदाया।

"मतलब यह है कि मारा आपने और निगरानी की मैंने।" इसाइया ने कहा।

"वाह, वाह!" पाइप सँभालते हुए एंटन ने कहा।

इसाइया चाचा जो कोट सी रहे थे, उसे अलग रखकर कराहते हुए उठ खड़े हुए। वे छप्पर के एक अँधेरे कोने में जाकर चीज़ें टटोलने लगे और लोमड़ी की खालें निकाल लाए। वे उन्हें रोशनी में ले गए और संन्यासिन के

सामने फैलाकर खोलने लगे। शाम के धूमिल आलोक में खालों का पीला और रुपहला रंग चमकने लगा।

"बड़े बढ़िया जानवर थे," इसाइया ने धीमे स्वर में कहा।

"इन खालों को हवेली पहुँचा देना," संन्यासिन ने सिर हिलाते हुए कहा।

वह एक औंधे डोल पर बैठ गई थी। मार्धियोलीता संन्यासिन के पास खड़ी थी। कन्धे पर भूरी खाल पड़ी थी। बालों पर काला रूमाल बँधा था।

जर्मन जैसे कुछ सोच रहा था—अचानक वह कराह उठा, मानो उसका पाइप बोला हो, "मैं कहता हूँ—मालिक शादी कर लें, तो बढ़िया रहे।"

"शादी?" इसाइया ने आश्चर्य से पूछा।

"हाँ—और क्या?" संन्यासिन ने ऊँचे स्वर में कहा, "हमारे एंटन साहब यही सोचते हैं। बरसात के पहले वे अपने ज़मींदार के संग औज़ार ख़रीदने शहर गए थे..."

"बोतोशैनि में?" एंटन ने वाक्य पूरा करते हुए कहा।

"हाँ, बोतोशैनि तक। वहाँ के दूसरे ज़मींदार से मिलने गए थे और श्री एंटन देखते-सुनते रहे। तभी उन्हें पता चला कि वे शादी करने वाले हैं...।"

संन्यासिन के ज़र्द चेहरे पर, और उसकी गहरी आँखों में मानो विषाद और चिन्ता की छाया काँप रही थी।

"अच्छा तो—और करेंगे किससे?" इसाइया ने खाल तानते हुए पूछा।

"कोई बड़े धनी ज़मींदार हैं," एंटन ने टिटियाते स्वर में कहा, "नाम है मास्टर योनास्तू—वालेनि में उनकी बहुत बड़ी जागीर है—पाँच हज़ार बीघे का जंगल—बस, एक ही कन्या है..."

"अरे तब तो ये योनास्कू राजू होंगे—हमारे ज़माने में वे ज़मींदारों से मुलाक़ात करने आव्रामेनू आया करते थे। मैं उन्हें अच्छी तरह जानता हूँ और लड़की को भी जानता हूँ। तब वह बहुत छोटी थी—सुन्दर बालों वाली नन्ही-सी गुड़िया। वह योनास्कू की पोती है।"

"तो यह सब सच है!" संन्यासिन आँखें झुकाकर धीरे-से बुदबुदाई, "और तुम यह भी जानते हो कि वह कौन है।"

"बेशक—भला मैं नहीं जानूँगा, तो और कौन जानेगा?" इसाइया ने उत्साह से कहा, "श्री योनास्तू अब काफ़ी बूढ़े हो गए होंगे—और जहाँ तक मालकिन का सवाल है, वह तो परलोक सिधार चुकी होंगी।"

"हाँ-हाँ," जर्मन ने बुदबुदाते हुए कहा, "वे अब नहीं हैं—लेकिन उनकी लड़की—फूल की तरह सुन्दर और सलोनी!"

"इसका मतलब—ऊँ...तो इसका मतलब है कि अब हमारी मालकिन आ जाएँगी," संन्यासिन ने नीता लेपादातू की ओर कनखियों से देखते हुए कहा। उसके होंठों पर अजीब-सी मुस्कराहट सिमट आई थी।

नीता लेपादातू बेचैन हो उठा, मानो संन्यासिन की निगाहें उसे जला रही हों। वह और ही किसी विचार में डूबा था।

"मुझे बड़ी ख़ुशी है कि हमारी नई मालकिन आने वाली हैं," मार्धियोलीता ने धीमे स्वर में कहा।

"क्यों, इसमें ख़ुशी की क्या बात है?" संन्यासिन ने उसकी ओर घूरते हुए पूछा।

"पता नहीं—पर मेरा ख़याल है कि अब हालत बदल जाएगी।"

"इसमें कोई शक नहीं कि हालत बदल जाएगी," इसाइया ने अनुमोदन किया।

"हमारी जवान मालकिन यों ही थोड़े रहेंगी—उन्हें आलीशान मकान चाहिए और सुन्दर घोड़ों से भरे अस्तबल—देख लेना, अपने ज़मींदार उन्हें ख़ुश करने के लिए पेड़ और फूल लगवाएँगे।"

"हाँ-हाँ," जर्मन शान्त स्वर में बोला, "मैं गाड़ी पर रोग़न करूँगा।"

"क्यों नहीं!" इलाइया ने प्रसन्न मुद्रा में संन्यासिन की ओर देखा।

"लेकिन मैं कहती हूँ—अगर वे बड़े ख़ानदान की महिला हैं तो ऐसे रेगिस्तान में कैसे रह पाएँगी?" संन्यासिन ने तनिक झुँझलाहट भरे स्वर में कहा, "भला यहाँ कौन रह सकता है? बड़े शहरों की तरह न यहाँ पार्टियाँ होती हैं, न नाच-गाने, न खेल-तमाशे। मैं तो सब जानती हूँ। मैंने दूसरे शहर देखे हैं—मैं तो याशि में भी रह चुकी हूँ।"

सब आश्चर्य से उसकी बातें सुन रहे थे।

"होना भी यही चाहिए," मार्धियोलीता धीरे से बुदबुदाई।

अचानक वह किसी सपने में खो गई थी।

संन्यासिन हँसी।

"अरे, ऐसा ही होता है बड़े शहरों में। न जाने मैं यहाँ क्यों मरने चली आई।"

उसकी द्वेषपूर्ण मुस्कराहट उल्लसित हँसी में बदल गई और वह फिर लेपादातू की ओर देखने लगी।

"क्यों नीता, तुम क्या सोचते हो?"

"ऐं, मैं भला क्या सोचूँगा? अगर वे सचमुच एक-दूसरे से प्रेम करते हैं, तो वह जहाँ रहें, वहीं सुखी रहेंगी—यहाँ भी।"

संन्यासिन देर तक उसकी ओर घूरती रही, मानो वह अपनी आँखें उसके चेहरे से हटाना न चाहती हो।

मार्धियोलीता झट से मुड़ी और अपना चेहरा छाया में करके झोंपड़ी में चीज़ें टटोलने लगी। उसने रूमाल से अपना मुँह ढक लिया था और अपनी आहों को दबाने की चेष्टा कर रही थी। संन्यासिन अचानक उछलकर खड़ी हो गई।

"अच्छा, इसाइया चाचा—आप ये खालें मेरे पास हवेली में ले आएँ—पर पहले इन्हें किसी चीज़ में लपेट लें।"

"मैं अभी चलता हूँ," इसाइया ने फ़ौरन काम छोड़कर उत्तर दिया।

"और तुम नीता, तुम आज शाम या कल सुबह मेरे पास आ जाना। मुझे तुमसे कुछ काम है।"

"बहुत अच्छा," नीता चकराकर उसकी ओर देखता हुआ बोला।

श्री एंटन उठ खड़े हुए। "चलूँ, चक्की चलवा दूँ," उन्होंने बुदबुदाते हुए कहा, "मैं यहाँ आया—पाइप पिया, थोड़ी-बहुत बातचीत की—अब चलता हूँ।"

"तुम नहीं चलोगी?" संन्यासिन ने मार्धियोलीता से पूछा।

लड़की जल्दी से एक क़दम पीछे हटी, फिर बुदबुदाते हुए बोली, "नहीं—मुझे घर जाना है—पिताजी राह देख रहे होंगे...।"

"अच्छा लेकिन, कल हवेली में आने की कोशिश करना।"

संन्यासिन ने अपना ज़र्द चेहरा और काली आँखें रोशनी की ओर मोड़ दीं, लचकदार चाल से बाहर चली गई।

चाचा इसाइया ने लोमड़ियों की खालें पीठ पर लाद लीं और नीचे झुककर भारी क़दमों से उसके पीछे-पीछे चलने लगे।

'हूँ,' वह मन-ही-मन बुदबुदाने लगे, 'चलकर फालीबोगा को ढूँढूँ और लोमड़ियों का यह क़िस्सा बता दूँ। अगर न बताया और उनके कानों में भनक पड़ गई तो बहुत नाराज़ होंगे।'

जर्मन सोच में डूबा लगता था। अपने पाइप का सिरा चबाता हुआ न जाने क्या बुदबुदा रहा था। आख़िरकार वह अपने भारी जूतों को घसीटता हुआ बाहर चल दिया। लेकिन देहरी पर आते ही उसने पीछे मुड़कर उदास थके-माँदे स्वर में कहा, "तुम यहाँ क्या कर रहे हो नीता लेपादातू? आओ मेरे संग, चक्की तक चलें। बातें करेंगे। मेरी पत्नी मर चुकी है—अकेला हूँ, बड़ी ऊब लगती है। अच्छा—फिर मिलेंगे।"

वह अपना पाइप फूँकता हुआ चला गया।

पलक मारते झोंपड़ी में पहले की-सी शान्ति सिमट आई। फीका, मद्धिम आलोक कुछ अधिक तेज़ हो आया था।

नीता अचानक़ अपनी जगह से उछलकर खड़ा हो गया और मार्धियोलीता के पास चला आया।

स्निग्ध भाव से मुस्कराते हुए उसने उसका हाथ पकड़ने की कोशिश की।

मार्धियोलीता ने अपनी आँखों पर से रूमाल हटाया और चेहरा उघाड़ लिया। कुछ पीछे हटकर वह उसकी ओर त्रस्तदृष्टि से देखने लगी।

"तुम हवेली मत जाना," उसने तेज़ी से बोलते हुए मिन्नत की।

नीता की बाँहें झूल रही थीं, वह प्रश्न-भरी दृष्टि से उसकी ओर देख रहा था।

"क्यों, बात क्या है?"

मार्धियोलीता की आँखों में आँसू चमकने लगे।

"नीता, वहाँ मत जाओ—मैं संन्यासिन के मन की बात भाँप गई हूँ। मत जाओ...।"

“लेकिन मार्धियोलीता, तुम्हें हो क्या गया है? तुम इतनी चिन्तित क्यों हो?”

लड़की ने उसकी ओर देखा—उसकी दृष्टि में प्रेम और रोष, दोनों ही थे।

वह बाँहें फैलाए उसके पास चली आई।

नीता ठीक से कुछ भी न समझ पाया कि क्या हो रहा है, पर उसे अपने इतने पास काँपती पाकर उसकी देह रोमांचित हो आई। उसने उसे अपनी बाँहों में भर लिया। मार्धियोलीता ने छुड़ाने की कोशिश की पर धीरे-धीरे उसकी कोशिश धीमी होती गई। नीता ने विभोर होकर उसे चूम लिया।

“तुम वहाँ नहीं जाओगे...सच बताओ, तुम वहाँ नहीं जाओगे?” उसने विजड़ित होकर फुसफुसाते हुए कहा, “आज शाम झोंपड़ी में आना—मैं किसी बहाने से पिताजी को बाहर भेज दूँगी। हम बातें करेंगे...”

अचानक वह चौंकी। बाहर किसी की पदचाप हुई और उन्हें संन्यासिन की तीखी आवाज़ सुनाई पड़ी।

“मार्धियोलीता, कहाँ है...इधर आ। मार्धियोलीता?” फिर कुछ धीमे, “चाचा इसाइया, मेरे लिए मत रुको। तुम चलो, मैं आती हूँ।”

लड़की ने अपने-आपको लेपादातू की बाँहों से छुड़ा लिया और रूमाल ओढ़ लिया ताकि मुँह और आँखें छिपा सके। घृणा की छाया उसके चेहरे पर दौड़ गई। दरवाज़े की ओर जाती हुई वह जल्दी से फुसफुसाई, “देखो, आज शाम को ज़रूर आना, अच्छा!”

नीता स्तब्ध-सा अकेला खड़ा रहा, मानो अचानक आकाश से नीचे गिर पड़ा हो। वह फिर झोंपड़ी के फ़र्श पर चप्पलों के ढेर के पास बैठ गया। चारों ओर भेड़ों की खालें बिखरी पड़ी थीं। उसने फिर से काम शुरू करने के लिए सुई और चाक़ू उठाए; पर बेकार।

उसकी आँखों के सामने मार्धियोलीता की अँधेरी कोठरी कौंध गई जहाँ वह उसकी प्रतीक्षा करेगी।

जब चाचा इसाइया झोंपड़ी में आए तो उन्होंने देखा कि नीता शून्य में ताकता हुआ सपनों में खो गया है।

जब वे उससे बोले तो नीता चौंक गया।

"अभी-अभी मैं हवेली से लौटा हूँ। काश, तुम संन्यासिन का कमरा देख सकते। कितने क़ीमती कालीन बिछे थे...लेकिन तुम्हें क्या हो गया है मेरे लड़के, होश में तो हो?"

"मुझे कुछ नहीं हुआ...चाचा इसाइया," नीता ने हँसते हुए उत्तर दिया, "यों ही कुछ सोच रहा था।"

बूढ़ा अर्थपूर्ण भाव से मुस्कराया।

"बेटा, मैं जानता हूँ, तुम क्या सोच रहे हो। जब मैं तुम्हारी उम्र का था, तो मैं भी ऐसी ही बातें सोचता था।"

"चाचा, मैं वह नहीं सोच रहा था जो आप समझ रहे हैं।"

"हाँ, हाँ," इसाइया अपनी बात पर अड़े रहे, "मैं तुम्हारा चेहरा देखकर ही समझ गया। ख़ैर, मुझे इससे क्या? मैं ख़ुद सोच रहा था—अपनी परेशानियों के बारे में।"

बूढ़ा फिर खाल पर झुक गया और नाक के सुर में कोई धुन गुनगुनाने लगा। कुछ मिनटों के बाद उसने ऊँची, अवसाद-भरी आवाज़ में कहा :

"लड़के...मेरे शब्दों पर ध्यान न दो...यह गुज़रे ज़माने का गीत है।"

दोनों की आँखें चार हुईं और दोनों ही ठहाका मारकर हँस पड़े। फिर वे बाहर धुंध में डूबे उदास खेतों को देखने लगे।

जहाँ तक नीता लेपादातू जानता था, मार्धियोलीता और लड़कियों की तरह नहीं थी। वह उग्र-प्रेम वाली थी। शायद इसीलिए उसकी बुद्धि इतनी तीक्ष्ण हो गई थी। कभी-कभी रात के वक़्त जब वह उसके घर जाता और बूढ़ा वहाँ न होता तो वह उसके आलिंगनों में अपनी सुध-बुध खो बैठता। मार्धियोलीता हमेशा शान्त रहती—प्रकृतिस्थ भाव से वह टूटी-फूटी लालटेन जलाती और उसे चूल्हे के कगार पर रखकर बातचीत करने लग जाती और अपने और उसके भावी जीवन के बारे में प्रश्नों की झड़ी लगा देती।

"मैं तो यही सोचती हूँ," एक बार उसने कहा था, "वसन्त में हम ज़मींदार के पास जाएँगे और कहेंगे कि हम ब्याह करना चाहते हैं—अपना घर बसाने के लिए हम उससे सहायता माँगेंगे। दूसरी जगहों में जैसे घरों की बात सुनी है, वैसा ही एक अच्छा-सा घर।"

लेपादातू ऐसी बातें सुनकर विस्मित हो जाता—किन्तु वे उसे बुरी न लगतीं।

"और अपना ब्याह ढंग से होना चाहिए—गिरजे में, पादरी के सामने। यहाँ के लोग तो ये बातें भूल चुके हैं।"

"तुम ठीक कहती हो," नीता ने सहमत होकर कहा था, "हमारा ब्याह सच्चे ईसाइयों की तरह होना चाहिए—ईश्वर के सामने—और हमें रजिस्ट्रार के दफ़्तर भी तो जाना पड़ेगा।"

"जाना होगा तो ज़रूर जाएँगे," मार्धियोलीता ने गम्भीरता से कहा।

एक बार जब वे विदा ले रहे थे तो नीता को कोई बात याद आई और वह हँसने लगा।

"अच्छा, मार्धियोलीता, यह तो बताओ," उसने कहा, "उस दिन छप्पर में तुम बार-बार मुझे संन्यासिन के घर जाने से क्यों रोक रही थीं?"

"क्या तुम गए थे?"

"नहीं...लेकिन मुझे आश्चर्य ज़रूर हुआ था। मुझे लगा, जैसे तुम उससे घृणा करती हो। लेकिन तुम ख़ुद तो उसके यहाँ जाती रहती हो और मालकिन तुम्हें आशीर्वाद भी देती हैं।"

"अरे छोड़ो भी...कोई ख़ास बात नहीं थी। सिर्फ़ मेरी सनक, और क्या?"

"हो सकता है, मेरे न जाने पर वह नाराज़ हो गई हों। कोई-न-कोई बात तो ज़रूर थी...।"

मार्धियोलीता हल्की-सी हँस दी और उसने अपना चेहरा नीता के सीने में छिपा लिया।

"अरे, अगर नाराज़ भी हुई होगी तो अब बात आई-गई हुई। छोड़ो भी संन्यासिन को।"

अपने मवेशियों के पास लौटते समय नीता ने सोचा, 'यह लड़की भी पूरी चुड़ैल है। मुझे अधर में लटका दिया है और ऊपर से चिढ़ाती रहती है। और एक मैं हूँ जो कुछ नहीं कर पाता। वह जानती है, मैं उससे प्रेम करता हूँ, इसीलिए...'

कुछ समय बाद उत्तर से आने वाली ठंडी हवाओं ने धुंध और बादलों को छितरा दिया—चारों ओर पीली, मद्धिम-सी धूप फैलने लगी।

कीचड़ और पानी के गड्ढे सूखकर जमने लगे और एक शाम जब सूर्यास्त की आभा में आकाश कांस्यवर्णी हो आया था, चारों ओर घटाटोप बादल घिरने लगे—बर्फ़ से बोझिल बादल। जमी हुई झीलों की ओर से आँधी उठी और हवा में बर्फ़ के गाले उड़ने लगे।

बर्फ़ और तूफ़ान के साथ जाड़ा आ रहा था।

रात को फालीबोगा नीता के अस्तबल में आया।

"जाड़े बदस्तूर शुरू नहीं हुए," उसने कहा, "आसार अच्छे नज़र नहीं आते—दोस्त!"

"हाँ," नीता ने उत्तर दिया, "सर्दी के दिन काटना कोई हँसी-खेल नहीं है। लेकिन हम कर भी क्या सकते हैं? जैसी ईश्वर की मर्ज़ी।"

"क्या तुम्हारे पास भेड़ की खाल की अच्छी-सी जाकिट है? तुम्हारी सुअर की खाल वाली चप्पलें मोटी और मज़बूत तो हैं न? जब तक जाड़ा ख़त्म न हो, तुम्हें सावधानी से रहना होगा।"

"और करेंगे भी क्या?" नीता ने हँसते हुए कहा।

अमीन दूसरे अस्तबलों की तरफ़ चल दिया।

अब लोगों की हलचल हवेली के इर्द-गिर्द केन्द्रित हो गई। गड़ेरियों ने अपने-अपने रेवड़ अलग-अलग बाड़ों में बाँट दिये। मवेशी अस्तबलों में ठूँस दिये गए।

सर्दी के डर से ज़मींदार की सारी दौलत एक जगह जमा कर दी गई। ऐसा जान पड़ता था मानो जाड़े के पहले थपेड़े ने ही सबको हिला डाला था। सर्दियों की इस पहली शाम को लोग अपने-अपने घरों से बाहर निकलकर

इधर-उधर आ-जा रहे थे, ज़ोर-ज़ोर से बातचीत कर रहे थे, ऊँची आवाज़ में चीख़ते हुए अपने कुत्तों को कोस रहे थे।

नीता लेपादातू ने अपना कोट उलटकर खाल वाली तरफ़ ऊपर कर ली। धीमे-धीमे मवेशियों की लम्बी क़तार पार की और ध्यान से जाँचा कि उन्हें किसी चीज़ की ज़रूरत तो नहीं है। जब उसे निश्चय हो गया कि चुपचाप आराम से खड़े हैं, तो उसने अपने कुत्ते सरमानू को बुलाने के लिए सीटी बजाई। वह कुत्ता उसे उन लड़कों ने दिया था जो उसके नीचे काम करते थे।

नीता ने अपने चोग़े से मुट्ठी भर मकई का सूखा दलिया निकाला और कुत्ते के आगे डाल दिया।

"क्यों सरमानू—तेरे पास जाड़ों का कोट है?" कहता हुआ वह उसकी गर्दन और मुँह सहलाने लगा।

हवा में उड़ते बर्फ़ के गालों में कुत्ते का काला, मोटा कोट चमक रहा था। अँधेरे की ओर ताकता हुआ नीता कुछ देर तक चुपचाप अपने ख़यालों में डूबा खड़ा रहा।

जब से नीता तरह-तरह के ज़मींदारों के मवेशियों के साथ रहता आया था, और जहाँ तक उसको याद आता था, जाड़ों की प्रथम सिहरन उसके भीतर हमेशा ही एक अजीब-सी बेचैनी, एक बोझिल-सी कटुता भर देती थी—लगता, मानो किसी अज्ञात लोक की घृणा उसकी आत्मा को लील रही हो।

"आओ सरमानू, झोंपड़ी की तरफ़ चलें," उसने कुत्ते से कहा।

कन्धे पर कोट डाले वह हवा में फड़फड़ाते बर्फ़ के गालों के बीच चलने लगा। कुत्ता उसके पीछे-पीछे कुछ क़दमों के फ़ासले पर आ रहा था।

दूर पर लोगों के झोंपड़ों की मद्धिम रोशनियाँ टिमटिमा रही थीं।

वह बूढ़ों के झोंपड़े में चला आया और आग के पास एक बेंच पर बैठ गया। कुत्ता उसके पैरों तले लेट गया। थोड़ी देर तक वह अपने ख़यालों में खोया रहा। कभी-कभार बर्फ़ से ढका कोई थका-माँदा नौकर या गड़ेरिया भीतर चला आता, पाइप पीता, और फिर बाहर चल देता। बूढ़े लोग आपस में चिन्ता-भरे स्वर में बातचीत कर रहे थे—और अपनी ज़िन्दगी के सबसे

कठिन, दुःखदायी जाड़ों को याद कर रहे थे। लगता था मानो वे पुराने ज़माने की लड़ाइयों की या उसी तरह की विपत्तियों की चर्चा कर रहे हों। जब भी वे चुप होते, बाहर तूफ़ान की गरज सुनाई पड़ने लगती। चिमनी से आते हुए हवा के थपेड़ों में लालटेन की टिमटिमाती लौ काँपने लगती।

अगले दिन सुबह तूफ़ान तो शान्त हो गया, पर पूरे एक दिन और रात भर बर्फ़ गिरती रही। बर्फ़ का आख़िरी गाला पड़ते ही जाड़ा और भी तीखा हो गया। झोंपड़ी के लोग अपने-अपने घरों से बाहर आए तो मानो वे धरती की गहराइयों से बाहर निकले हों। बाहर आते ही वे बर्फ़ की चादर के नीचे रास्ते और पगडंडियाँ ढूँढ़ने लगे।

झोंपड़ी की छतों से धुआँ सीधी लकीर बनाता हुआ ऊपर उठ रहा था, और शोरगुल की आवाज़ें इस तरह ध्वनित-प्रतिध्वनित हो रही थीं जैसे किसी मोटे शीशे की छत के नीचे होती हैं।

फालीबोगा और लेपादातू खेतों में सर्दी के दिनों के लिए बनाए गए घास-फूस के बड़े-बड़े ढेरों का निरीक्षण करने निकल पड़े। इन्हीं ढेरों से नौकर-चाकर लगातार अपनी बर्फ़-गाड़ियाँ भर रहे थे। जिन बाड़ों में भेड़ें रखी गई थीं, गड़ेरिए उनके इर्द-गिर्द की बर्फ़ साफ़ करने में जुटे थे। क्षितिज के अन्तिम छोर तक हर चीज़ सफ़ेद, धुली-निखरी और एकदम सफ़ेद दिखाई दे रही थी। बीच-बीच में एक छाया नीचे उतरती, और धरती पर आकर ओझल हो जाती। बर्फ़ की उजली चादर पर छोटे-छोटे काले धब्बों की यह छाया कौओं के झुंड की थी।

संत निकोलस वाले दिन से दो दिन पहले दोपहर की तरफ़ पहाड़ियों की चोटियों से खलिहानों की दिशा में बर्फ़-गाड़ियों की घंटियों का रुपहला स्वर सुना जा सकता था। बिजली की तरह ख़बर फैल गई कि ज़मींदार

जार्ज आव्रामेनू साहब वापस आ रहे हैं। झोंपड़ों के लोग चींटियों की तरह चारों ओर से निकलकर इकट्ठे होने लगे। यहाँ तक कि औरतें और नंगे पाँव बच्चे भी घरों से निकल आए और धक्का-मुक्की करते उचक-उचककर देखने लगे।

सचमुच मालिक ही थे जो टुन-टुन करती घंटियों वाली चार घोड़ों से जुती बर्फ़-गाड़ी में लौट रहे थे। फालीबोगा और ज़ाना साफ़-सुथरे कोट पहनकर अपनी झोंपड़ी की देहरी पर आ खड़े हुए और फिर ज़मींदार से मिलने के लिए हवेली की ओर चल पड़े।

"उफ़, सान्दू!" अमीन की स्त्री ने प्रशंसा के लहज़े में कहा, "इतनी बढ़िया बर्फ़-गाड़ी मैंने कभी नहीं देखी।"

"चुप रहो," फालीबोगा ने हँसते हुए कटाक्ष किया, "गाड़ी में उससे भी बढ़िया और ख़ूबसूरत चीज़ है।"

"वह क्या?"

"सच—मैं तुमसे लम्बा हूँ और मेरी गर्दन भी तुमसे ज़्यादा लम्बी है—पंजों के बल खड़े होकर तुम्हीं देख लो न।"

"अरे सान्दू—यह तो वही है जो हमारी मालकिन होगी—कितनी ख़ूबसूरत!"

जार्ज साहब अपनी दुलहिन और बूढ़े ज़मींदार योनास्कू राजू के साथ अपनी जागीर में लौटे थे।

"अच्छा, ज़ाना," फालीबोगा धीरे से बुदबुदाया, "हमने जो कहा था, वह सच निकला न! कौन जाने अब क्या होगा!"

ज़ाना मुड़ी और अपने आदमी की ओर देखने लगी—उसकी भौंहें तन गई थीं।

"ऐसी बात क्यों करते हो, सान्दू?"

"अरी, ज़ाना! यह शहरी फाख़्ता है। देख लेना, यह अन्त में हमारे मालिक को अपने रेगिस्तान से उड़ाकर ले जाएगी।"

ज़ाना ने कोई उत्तर नहीं दिया। उसने अपनी जलती आँखें बर्फ़-गाड़ी पर जमा दीं, जो अब धीरे-धीरे आगे बढ़ रही थी और वह फ़रों के चौखटे में जड़े तरुणी के गुलाबी चेहरे को बड़े ध्यान से देख रही थी।

फिर वह फालीबोगा के पीछे छिप गई और उसने भेड़ की खाल का कोट अपने इर्द-गिर्द और भी कसकर लपेट लिया।

"अरे, जो होना है, सब आँखों के सामने आ जाएगा," उसने मुलायम स्वर में कहा।

बर्फ़-गाड़ी काठघर की सीढ़ियों के सामने आकर ठहर गई। खिड़कियों के सफ़ेद पर्दे इस तरह उठ-गिर रहे थे, जैसे पलक उठती-गिरती हैं—आख़िरकार दरवाज़ा खुला और लोमड़ी की खाल का कोट पहने नन्ही-सी संन्यासिन देहरी पर प्रकट हुई। उसने जमी हुई मुस्कान से नवागन्तुका के कोमल चेहरे को देखा। चारों ओर झोंपड़ों के निवासियों के दल-के-दल चले आ रहे थे—और हाथों में टोपियाँ लिये बर्फ़-गाड़ी को घेरे जा रहे थे।

सबसे पहले जार्ज साहब कोटों और फ़रों के ढेर से बाहर निकले और तेज़ी से नीचे कूदे। उनके चमकते चेहरे पर उल्लसित मुस्कान थी।

उनके पीछे-पीछे थे भारी-भरकम बूढ़े ज़मींदार—उनकी मूँछें सफ़ेद थीं और भौंहें काली। अन्त में जार्ज साहब की बाँहों का सहारा लेकर सुन्दर बालों वाली नन्ही-सी महिला नीचे उतरीं। वे तितली से भी हल्की थीं—एक सफ़ेद टोप उनकी आँखों पर झुका था और उनके कपोल महीन रोओं वाले फ़र में दबे थे

वे घर में प्रविष्ट हुए। आदर से सिर झुकाए संन्यासिन पीछे-पीछे चल रही थी। बाहर नौकर-चाकर और झोंपड़ों के लोग सम्मानपूर्वक खड़े थे। वे बड़े ध्यान से ज़मींदार की बर्फ़-गाड़ी, उसमें जुते घोड़ों और उसके कोचवान को देख रहे थे, जो कज़ाकों वाली रोबदार टोपी और फ़र अस्तर वाला कोट पहने गाड़ी के इर्द-गिर्द टहल रहा था।

और फिर जब गाड़ी अस्तबलों की ओर मुड़ गई तो भी वे वहीं खड़े आपस में ज़मींदारों के बारे में और उन देशों के बारे में बातें करते रहे जहाँ

से ये सुखी और स्वस्थ लोग आते थे। उनके नीरस जीवन में इनका आगमन किसी राजा के आगमन की तरह था—धूप खिल उठने की तरह था।

जब दोनों ज़मींदार फिर बाहर आए तो कच्चे झोंपड़ों के निवासी दो क़तारों में खड़े हो गए और उन्हें प्रशंसा-भरी नज़रों से देखते रहे। ज़मींदार के चेहरे पर गुलाबी आभा थी और वे बड़े जोश में थे। जार्ज साहब अपनी प्रजा के पास आए और मुस्कराते हुए बोले, "भले लोगो, ये हैं तुम्हारी मालकिन।"

और वे स्वयं मंत्र-मुग्ध होकर अपनी नववधू के चेहरे को देखने लगे जहाँ ख़ूबसूरत आँखें चमक रही थीं।

"भगवान इनका स्वास्थ्य बनाए रखें! भगवान इन्हें सुखी करें!" बहुत-सी आवाज़ें बोल पड़ीं।

बूढ़े ज़मींदार पीले रंग के होल्डर में सिगरेट लगाए धूम्रपान कर रहे थे। वे आसपास खड़ी भीड़ को खोए-खोए-से देख रहे थे। फिर एक करुण मुस्कान लिये सुन्दर बालों वाली महिला से धीमे स्वर में बोले :

"उफ़, कितने गन्दे लोग हैं ये!"

"क्या कह रहे हैं ये?" झोंपड़ों के निवासी दबे स्वर में एक-दूसरे से पूछने लगे।

अपने चमकते फ़रदार कोटों में लिपटे हुए दोनों ज़मींदार कुछ क़दम आगे बढ़ आए। झोंपड़ों पर दृष्टि पड़ते ही वे रुक गए। सुन्दरी ठहाका मारकर हँस पड़ी :

"उफ़—ये क्या हैं—कैसे हैं?"

और जार्ज साहब को स्निग्ध दृष्टि से देखते हुए वह फ्रेंच में ही बोली :

"अरे ये तो घर हैं! कितने अजीब लगते हैं ये!"

"सचमुच यहाँ हम सभ्यता से कोसों दूर हैं," अपने चारों ओर धुएँ का नीला बादल छोड़ते हुए श्री योनास्कू ने जोड़ा।

"कितनी अजीब बात है—सचमुच बड़ी अजीब!" महिला धीमे से बोली। उसकी आँखें सहसा धुँधली हो आई थीं, "इन झोंपड़ों को देखकर मुझे उन कोयले वालों की कहानियाँ याद आ रही हैं जो मैंने फ्रेंच-स्कूल में पढ़ी थीं।"

झोंपड़ी वाले कुछ फ़ासले पर सन्तुष्ट जानवरों के झुंड की तरह झिझकते हुए ज़मींदारों के पीछे-पीछे चल रहे थे। मालिक-लोग मवेशियों के बाड़ों और अस्तबलों की ओर मुड़े।

"मेरी खेती-बाड़ी अभी कुछ ख़ास नहीं है," जार्ज साहब असमंजस से मुस्कराते हुए बोले, "लेकिन करें भी क्या! यह मत भूलिए कि यहाँ की ज़मीन बिलकुल नई है।"

युवती की आँखें ज़मींदार पर लगी थीं, और वह बराबर मधुर भाव से मुस्करा रही थी।

वह सचमुच बहुत सुन्दर और मनोरम थी। झोंपड़ी वाले उसे निहारते, उसकी छोटी-से-छोटी बात पर विस्मय और कौतूहल प्रकट करते और दबी आवाज़ों में एक दूसरे को अपनी राय देते।

"ये लोग फ्रेंच बोल रहे हैं," फालीबोगा ने फुसफुसाकर ज़ाना से कहा।

"मैं सोचती हूँ, यहाँ रहने में कोई मज़ा नहीं; गर्मियों में भी नहीं," बड़ी नफ़ासत से एड़ियों के बल चलते हुए महिला कूकी।

"मेरा अपना ख़याल तो यह है," आव्रामेनू ने कहा, "कि अनाज के खेतों से बढ़कर और कोई चीज़ नहीं हो सकती—अरे, फालीबोगा भी हैं यहाँ!"

उनकी आँखें अचानक अमीन पर जा पड़ीं।

"सान्द्रू, ज़रा इधर तो आओ," वे फ़ौरन बोल उठे।

फालीबोगा कुछ अकड़ते हुए उनके पास चला आया, चेहरे की वक्र-भंगिमा को कोमल बनाने की भरसक चेष्टा करता हुआ।

"मालकिन, मैं आपका हाथ चूमता हूँ।" उसने विनम्र भाव से अपना भारी काला पंजा आगे बढ़ा दिया।

"अपना हाथ बढ़ा दो, ताकि वह चूम सके।" जार्ज साहब फ्रेंच में बुदबुदाए।

फालीबोगा ने आँखें उठाईं और पहले मालिक की ओर देखा। फिर दस्ताने से ढका नन्हा सा हाथ चूमा, जो उसकी ओर बढ़ाया गया था।

"कहो सान्द्र," ज़मींदार ने कृपा-भाव से पूछा, "काम-धाम तो ठीक चल रहा है न...?"

"सब ठीक है, मालिक," फालीबोगा ने शान्त स्वर में उत्तर दिया, "बिलकुल और बरसों की तरह। मैं हवेली पर आकर हालचाल बताऊँगा।"

"अभी तो हमारे पास समय नहीं है, सान्द्र," आव्रामेनू ने कहा, "हम तो रास्ते में ठहर गए हैं। कल ही सवेरे चले जाएँगे।"

"कहीं दूर जा रहे हैं—मालिक?"

"हाँ, काफ़ी दूर। हम इटली जा रहे हैं—तुमने तो नाम भी न सुना होगा?"

"क्यों नहीं मालिक—सुनने को तो सुना है," फालीबोगा ने ज़ाना की ओर देखते हुए आह भरकर कहा।

युवती अचानक हँसने लग गई।

"मुझे सर्दी लग रही है," उसने आह भरते हुए कहा, "चलिए, भीतर चलें, है न?" उसने आव्रामेनू की बाँह थाम ली और उसके कन्धे पर अपना सिर टिका दिया। "लो, हमने तुम्हारी बात मान ली, हम तुम्हारी सल्तनत देखने दुनिया के छोर तक चले आए," वह धीमे से हँसी, "लेकिन भगवान के लिए अब यहाँ से चले चलें; फ़ौरन, दूर, बहुत दूर—फूलों और गीतों की दुनिया में—आह, जार्ज, मैं कितनी सुखी हूँ।"

उन्होंने क़दम तेज़ कर दिये। बूढ़े ज़मींदार कष्टपूर्वक उनके साथ-साथ चलने की कोशिश कर रहे थे और झुंझलाए से दीखते थे। वे धीमी आवाज़ में बुदबुदाते और झिड़कते जाते थे।

"रोज़िना—ज़रा सँभलकर चलो—लोग तुम्हें देख रहे हैं..." अन्त में खाँसने लगे और उन्होंने अपनी सिगरेट फेंक दी।

होंठों पर प्रशंसा की मुस्कान लिये ज़ाना अपनी दृष्टि से नई मालकिन का अनुसरण कर रही थी। उसने अपने आदमी से कहा :

"सुना तुमने, सान्दू? उसका नाम रोज़ीना है।"

फालीबोगा न जाने क्या बुदबुदाया। ज़मींदार घर में चले गए।

कुछ देर बाद जार्ज साहब अकेले निकले, अपने अमीन को बुलाया और ज़ोर-ज़ोर से बोले :

"सुनो, सान्दू! किसी आदमी को बर्फ़-गाड़ी के साथ गाँव भेज दो, ताड़ीख़ाने में जाकर बारह गैलन ब्रांडी ले आए। यह ब्रांडी तुम मेरी तरफ़ से लोगों में बँटवा देना। आज ही शाम को। लेकिन सब काम होशियारी से..."

"मैं सब समझता हूँ, मालिक। और—आप वापस कब आएँगे?"

"कौन?" ज़मींदार ने आश्चर्य से पूछा, "हाँ—समझा, तुम्हारी मालकिन को यह जगह ख़ास पसन्द नहीं आई—लेकिन मैं जल्दी ही लौट आऊँगा—जितनी जल्दी हो सका।"

"अच्छा, मालिक, भगवान करे, आपकी यात्रा सफल हो और सकुशल लौट आएँ।"

एक नन्हा गोरा हाथ भीतर खिड़की खटखटा रहा था। जार्ज साहब ने हँसते हुए पीछे की ओर देखा और भीतर चले गए।

नाक-भौं सिकोड़ता फालीबोगा नौकरों में आ मिला, जो बाहर प्रतीक्षा कर रहे थे। "अब तुम लोग अपना सिर ढक सकते हो," होंठों-ही-होंठों में वह बुदबुदाया। उसने ख़ुद भी अपने सिर पर फ़र की टोपी पहन ली और उसे कानों तक खींच लिया।

"आन्द्रे ब्रोस्का, जाओ, तुम ब्रांडी ले आओ," वह बदस्तूर अपनी रूखी आवाज़ में चिल्लाया, "बाक़ी लोग अपने-अपने काम पर वापस चले जाएँ। ज़मींदार घर में आराम कर रहे हैं। अब और क्या लोगे?"

धीरे-धीरे झोंपड़ी वाले छितराने लगे। भूसे से भरी अपनी चप्पलें घसीटते वे बर्फ़ पर चलते-चलते आज की महान् घटना पर विचार प्रकट कर रहे थे। फालीबोगा ने एक लड़के को पुकारा :

"ओ, ग्रेकुसोर! चलो, मेरा घोड़ा कस दो। ज़रा चलकर देखूँ, मैंने सुबह जो हुक्म दिये थे, उन पर अमल हुआ या नहीं।"

वह बुदबुदाता हुआ एक ओर चल दिया और बर्फ़ के ढेरों पर लम्बी छलाँगें लगाता हुआ ग्रेकुसोर दूसरी ओर।

नीता लेपादातू अपने कुत्ते के संग गौशाला के पास खड़े होकर मालिकों के आने की बाट देख रहा था। उसने उन्हें अपनी ओर आते देख लिया था और यद्यपि वे उससे काफ़ी दूर थे, उसने अपनी टोपी उतार ली थी। किन्तु फ़र के सफ़ेद फ्रेम में चमकती आँखों ने उसे बस एक सरसरी निगाह से ही देखा था—वे फ़ौरन ही उड़कर और कहीं टिक गई थीं। जब ज़मींदार फिर चले गए तो नीता हाथ में टोपी लिये अपनी जगह पर खड़ा रह गया।

लम्बे-लम्बे डग भरता हुआ फालीबोगा उसके पास आया और चुटकी लेता हुआ बोला, "अच्छा, नीता, तुम्हारी क्या राय है इस बारे में? अरे भलेमानस, अपनी टोपी तो पहन लो।"

"कितनी नन्ही, कितनी सुन्दर है वह!" नीता ने कहा।

"सो तो है ही—तुमने क्या सोचा था? देखा, कितनी निर्मल—हम जैसी नहीं कि दिन-रात देह से मिट्टी और गोबर और झोंपड़ी के धुएँ की गंध आती रहे—वह तो—क्या कहूँ—मानो मक्खन की बनी हो—सिर से पैरों तक फ़रों से लिपटी हुई—अरे भई, वह तो किसी दूसरी ही नस्ल की जान पड़ती है..."

लेपादातू ख़ामोश था। वह सीधे अपने सामने देखता हुआ मुस्कराया, मानो उसकी आँखें किसी मधुर स्वप्न पर गड़ी हों!

दूसरे दिन सुबह घाटी के सन्नाटे में बर्फ़-गाड़ियों की घंटियाँ अलग-अलग स्वरों में गूँजने लगीं। पाला अब घट गया था और स्वच्छ नीले आकाश में सूरज चमक रहा था। चारों घोड़े हाँफते हुए घर की सीढ़ियों के सामने खड़े हो गए थे। गाड़ी फ़रों और परदों से लदी थी। ऊपर की सीट पर कोचवान बैठा था—गर्व से सीना फुलाए और रोबदार—मानो इधर-उधर नज़र डालना भी उसे तुच्छ लगता हो!

झोंपड़ियों के लोग फिर चारों ओर इकट्ठे हो गए—मालिकों को विदा देने के लिए। घर के पीछे बरामदे में फालीबोगा जार्ज साहब से बातचीत कर रहा था—उनके सवालों के जवाब देता और हुक्म लेता।

जब अमीन बाहर आया, सबकी आँखें पहाड़ी के ऊपर खलिहानों पर उठ गईं। एक छोटी-सी बर्फ़-गाड़ी तेज़ी से ढलान पर नीचे उतर रही थी। एक छोटा-सा घोड़ा उसे खींच रहा था। फालीबोगा ने अपनी आँखों पर हाथ से छाया कर ली ताकि अच्छी तरह देख सके।

"मेयर ही होगा," अपनी जगह से बिना हिले-डुले वह धीरे से गुर्राया।

छोटा-सा काला टट्टू तेज़ी से दौड़ रहा था। हवेली के सामने आकर रुक गया। एक ठिंगना, तुंदियल व्यक्ति गाड़ी से बाहर निकला। उसने भेड़ की खाल का कोट पहन रखा था। कोट के चौड़े कालर और ऊँची नोकदार फ़र की टोपी के बीच एक भरा-पूरा सुर्ख़ चेहरा दिखाई दिया। दो छोटी-छोटी जिज्ञासा-भरी आँखें इधर-उधर देखने लगीं।

"मेरे घोड़े और कम्बलों की देखभाल कौन करेगा?" किसी मोटे आदमी की भारी आवाज़ में उसने पूछा।

उसने अपने मोटे ऊनी दस्ताने उतार लिये, अपनी टोपी पीछे की ओर कर ली और कोट के कालर अपने कन्धों पर डाल लिये।

"आज इस तरफ़ कैसे आना हुआ—हुज़ूर?" फालीबोगा ने पूछा।

सरकारी अफ़सर पीछे मुड़े, उनके मोटे होंठों पर हल्की-सी मुस्कान सिमट आई थी।

"अच्छा, आप हैं, सान्दू साहब? ज़मींदार लोग भी तो यहीं हैं न? कल मैंने उन्हें गाँव से गुज़रते देखा था।"

"जी हाँ—वे यहीं हैं," फालीबोगा ने सिर हिलाते हुए कहा, "अब तो हमारी मालकिन भी आ गई हैं।"

"मालूम है, मालूम है," मेयर ने हँसते हुए कहा, "तभी तो मैं झटपट आया हूँ उन्हें प्रणाम करने।"

झोंपड़ी वाले चुपचाप सारा दृश्य देख रहे थे।

मेयर कुछ देर तक इधर-उधर देखते रहे—फिर उनकी आँखें हवेली पर पड़ गईं।

"इधर..." फालीबोगा ने हवा में हाथ हिलाते हुए कहा, "पीछे की तरफ़ से...।"

किन्तु तभी आगे का दरवाज़ा खुला और अपने-अपने फ़रों में लिपटे ज़मींदार बाहर आ गए। मेयर तेज़ी से सीढ़ियों की तरफ़ बढ़े। जार्ज साहब ने उन्हें देखते ही पहचान लिया और तनिक आश्चर्य से पूछा, "अरे, वाल्कू साहब! आप कब आए?"

"अभी-अभी आया हूँ," मेयर ने उत्तर दिया और सिर झुकाकर ज़मींदार की पत्नी का अभिनन्दन किया।

"एक मिनट मेयर साहब, एक मिनट।"

जार्ज साहब ने हाथ का सहारा देकर अपनी नववधू को बर्फ़-गाड़ी में चढ़ाया और उसे अच्छी तरह कम्बलों में लपेट दिया। वह अपनी चमकती आँखों से उन्हें देखती रही। उसके कोमल लाल अधरों पर स्निग्ध मुस्कान तिरती रही।

"कितना शानदार मौसम है!" वह चहचहा उठी, "आओ, जार्ज, जल्दी से भीतर आ जाओ। अब चल देना चाहिए।"

"एक मिनट," आव्रामेनू ने धीरे से फ्रेंच में कहा, "इस आदमी से दो-चार बातें कर लूँ।"

अपनी बारी आने पर बूढ़े ज़मींदार भी हाँफते हुए बर्फ़-गाड़ी में जा घुसे। बरामदे में संन्यासिन आदर से आँखें झुकाए निश्चल खड़ी थी।

ज़मींदार मेयर के पास आए और उन्हें एक तरफ़ ले गए। कुछ देर तक वे दबे स्वरों में बातचीत करते रहे। अन्त में आव्रामेनू ने अपना फ़र का कोट खोला और जेब में हाथ डालकर बटुआ निकाला। उन्होंने एक लम्बा नीला बैंक नोट छाँटा, जिसे श्री वाल्कू ने फ़ौरन अपनी जेब के हवाले कर लिया।

"बहुत-बहुत धन्यवाद!" मेयर ने प्रफुल्ल मुस्कान से कहा, "हमेशा की तरह बन्दा हाज़िर है..."

"ख़ूब...ख़ूब," आव्रामेनू ने दूसरी तरफ़ देखते हुए जल्दी से कहा और फ़र के कोट के बटन बन्द करने लगे। "अलविदा, वाल्कू साहब, अलविदा!"

"आपका सेवक!" मेयर ने सफ़ेद फ़र से भी ज़्यादा नीचे झुकते हुए कहा।

महिला ने सिर्फ़ आँखें झपकाईं और जार्ज साहब जल्दी से गाड़ी में चढ़ने लगे। संन्यासिन दौड़कर बरामदे से नीचे उतरी।

फालीबोगा भी दूसरी तरफ़ से उनके निकट चला आया। कोचवान पीछे की तरफ़ मुड़ा और सब गाड़ी में रखे फ़रों और कम्बलों को क़रीने से लगाने लगे।

"सान्दू," जार्ज साहब ने उसे बुलाया, "देखो, हर चीज़ का ख़याल रखना।"

फालीबोगा ने अपनी टोपी उतार ली।

"मालिक, आप बेफ़िक्र रहें। अलविदा!" सब झोंपड़ी वालों ने अपनी टोपियाँ उतार लीं।

"अलविदा।" जार्ज साहब ने अन्तिम बार सबसे विदा ली, "कोस्ताखे, चलो।"

कोचवान ने चाबुक चटकाया, घोड़ों के गले में बँधी घंटियाँ फिर झुनझुनाने लगीं और बर्फ़-गाड़ी धीरे-धीरे पहाड़ियों की ओर बढ़ने लगी।

इधर श्री वाल्कू धीरे-धीरे पीछे पड़ते गए। वे तेज़ी से घर की ओर चले—अपनी देह को अच्छी तरह लपेटे, टोप से आँखें ढके और कोट के कालर चढ़ाए—बस, केवल उनकी नाक का सिरा ही दिखाई पड़ रहा था।

"हाँ, भई, नीता!" फालीबोगा ने लेपादातू से कहा, "अब तो तुमने अपनी आँखों से सरकारी अफ़सर देख लिया—यह हमारे बग़ल वाले गाँव के मेयर हैं। पक्के धूर्त आदमी हैं हमारे वाल्कू साहब। ज़मींदार की गंध मिली नहीं कि दौड़े चले आते हैं।...वरना इन्हें कब कौन देखता है! देखा नहीं—कैसे हमारे मालिक ने एक छोटा-सा नीला नोट उनके पंजों में ठूँस दिया—बस, इनकी ड्यूटी ख़त्म हो गई। ऐसे ही कभी-कभार इनके दर्शन हो जाते हैं—वरना यहाँ कौन आता-जाता है, न कभी कोई मेयर, न पादरी। टैक्स-कलक्टर साहब हैं—वे साल में एक बार शक्ल दिखलाते हैं, सो भी रुपया झटकने के लिए। और बस, खेल ख़त्म।"

फालीबोगा हँसने लगा। उसकी आँखें उस छोटी-सी लकड़ी की बर्फ़-गाड़ी पर लगी थीं जो ज़मींदारों की बड़ी आलीशान गाड़ी के साथ-साथ चलने की कोशिश में बेतहाशा भाग रही थी।

"लेकिन तुम नीता," उसने फ़ौरन बात बढ़ाते हुए कहा, "तुम कैसे आँखें फाड़-फाड़कर देख रहे थे—कल की तरह—मानो क़िस्से-कहानियों वाली कोई परी दिख गई हो! आओ, अब चलें। अपनी टोपी पहन लो।"

बर्फ़-गाड़ी की घंटियों का कोमल स्वर शीघ्र ही दूरी में बिला गया। ठंडे सन्नाटे में लिपटी हुई हवेली और झोंपड़ियाँ अब पहले से भी अधिक उदास और अकेली दिखाई दे रही थीं।

अमीन अपने काम पर चल दिया और नीता अपने कुत्ते को साथ लिये मवेशियों में लौट आया। किन्तु शाम की तरफ़ झोंपड़ियों के सारे निवासी अलाव के इर्द-गिर्द इकट्ठे हो गए और उस असाधारण घटना के सम्बन्ध में, उस दिव्य चमत्कार के सम्बन्ध में बातचीत करने लगे जो किसी इतर लोक से उनके प्रकाशहीन अस्तित्व में क्षण भर के लिए प्रकट हो गया था।

जाड़ों के दिन शान्त, मन्द गति से गुज़रते गए। सब मिलाकर इनसान और जानवरों की हालत बहुत बुरी नहीं थी। वीरान बस्ती का मौन भंग करने वाली और कोई घटना नहीं घटी। बस, एक बार क्रिसमस ईव के एक दिन पहले श्री वाल्कू के गाँव के गिरजे से एक पादरी और गिरजाघर के संचालक वहाँ घोड़े पर सवार होकर झोंपड़ी वालों को प्रभु ईसा मसीह के जन्म का संवाद सुनाने आए। पहले वे हवेली में गए जहाँ संन्यासिन ने उनका स्वागत किया। अब वह पहले से भी अधिक उदास और धर्मपरायण लग रही थी। फिर वे झोंपड़ियों में गए—रास्ते में मिलने वाले हर बच्चे और स्त्री पर अपने आशीर्वादों की वर्षा करते हुए।

फालीबोगा ने उनकी यथारीति सेवा की और दोपहर को पादरी और गिरजाघर के संचालक टट्टुओं पर सवार होकर बर्फ़ का मैदान पार करते हुए अपने घर की ओर रवाना हो गए। लोग अपनी-अपनी झोंपड़ियों से उन्हें देखते रहे। अन्त में वे दो काले धब्बों की तरह दूरी में ओझल हो गए।

क्रिसमस पर सब लोगों ने प्रथानुसार सुअर का भुना हुआ गोश्त खाया और ब्रांडी पी। वे जानते थे कि एक नया साल शुरू होने वाला है और इसलिए वे अपनी झोंपड़ी की गरमाई में उसका स्वागत मनाते रहे। गड़ेरियों और बाड़ों के रखवालों ने भी खाने-पीने में डटकर भाग लिया। सुबह होने तक फालीबोगा एक क्षण को भी साँस लिये बिना चारों ओर दौड़-धूप करता रहा—कहीं कोई घास-फूस के ढेरों में हुक्का तो नहीं पी रहा है या कोई क़िस्मत का मारा जानवरों के बीच तो नहीं गिर पड़ा? ऐसे मौक़ों पर सबको एक-दो बूँद ज़्यादा पी लेने की छूट थी पर कभी-कभी नशे से ख़तरा भी पैदा हो जाता है।

'ऐपिफानी' (अवतार-लीला) के उपरान्त एक शाम जब फालीबोगा और लेपादातू बूढ़े लोगों की झोंपड़ी में बातचीत कर रहे थे, उत्तरी हवा फिर चल पड़ी।

"अब तक की आधी सर्दियाँ तो ख़ास बुरी नहीं," फालीबोगा ने कहा, "अब देखो...बाक़ी हिस्सा कैसे कटता है?"

"वाह!" नीता हँसते हुए बोला, "ये जाड़े और जाड़ों से कोई अलग थोड़े ही होंगे...जो होता है, वही होगा।"

"हाँ, यह तो सच है। आज तक भेड़ियों ने जाड़े को अपना ग्रास नहीं बनाया...लेकिन, देखो, एपिफानी को गुज़रते देर नहीं हुई कि मैं वसन्त की सोचने लगा हूँ। सर्दियों में घर में बैठे-बैठे दम घुटने लगता है। ज़ाना की भी यही हालत है—वसन्ती धूप की बाट देखती रहती है।"

फालीबोगा आग के पास डट गया। मिहालाके प्रेस्कुरिए बोल उठा :

"वसन्त में मालिक भी लौट आएँगे—सरसों के साथ।"

फालीबोगा ने सिर हिलाकर गहरी साँस ली।

"कितना अच्छा लगता है जब बर्फ पिघलने लगती है और हरे-भरे खेत चमकने लगते हैं! जब हवा गाती हुई दूर आकाश में उड़ानें भरने लगती है...चारों ओर झरने जाग पड़ते हैं और फेन के कारण सफ़ेद दीखने लगते हैं—महक फैल जाती है, न जाने क्यों...बड़ी मीठी महक! यहाँ तक कि जब मैं अपनी घोड़ी पर सवार होता हूँ तो वह भी एक अजीब बेचैनी और आनन्द से काँपने लगती है और हिनहिनाने लगती है। जार्ज साहब भी अपना घोड़ा निकाल लेते हैं और हम दोनों बाहर निकल पड़ते हैं, यह तय करने कि ज़मीन का कौन-सा कोना जोता जाएगा, किन खेतों को मवेशियों के चरने के लिए छोड़ा जाएगा—किस तरह चारा तैयार किया जाएगा—आह! हमारे ज़मींदार साहब काली धरती को देखकर मुग्ध हो जाते हैं—बिलकुल मेरी तरह।"

"लेकिन सान्दू!" ताऊ इरीमिया इंद्राइल ने कोने में बैठे-बैठे कहा, "एक बात मैं तुमसे ज़रूर कहूँगा—आख़िर वे हमारी इस धरती को प्यार कैसे न करें? अपनी ज़िन्दगी में मैंने बहुत-सी जगहें देखी हैं—न जाने कितनी मिट्टी मेरी अँगुलियों में से फिसली हैं, लेकिन यहाँ की बात ही और है। यहाँ की मिट्टी सोना है—ईश्वर की कृपा समझो...यहाँ की-सी फ़सलें दुनिया में न किसी ने देखीं, न सुनीं। यहाँ मकई की बालें इतनी ऊँची होती हैं कि घुड़सवार भी नीचा लगने लगे। गेहूँ कन्धों तक आ जाता है। और इनसे बड़ी या भारी मकई की बालें शायद ही कहीं मिलें। पता नहीं कैसे? ईश्वर की कृपा-दृष्टि है, और क्या?"

"तभी तो हमारे ज़मींदार साहब को आज तक कहीं और बसने की इच्छा नहीं हुई," फालीबोगा बुदबुदाया, "तभी तो वे हमेशा अपने इस निर्जन में रहते आए हैं, मानो इससे प्यार हो! सुबह से शाम तक वे मेरे संग खेतों का चक्कर लगाते रहते थे...गर्मियों में हम दोनों साथ-साथ सवेनि की मंडी जाया करते थे। वहाँ दूर-दूर तक के गाँवों के फ़सल उगाने वाले आकर जमा होते थे और मेहनत के दाम तय किये जाते थे। लोग हमारे संग इस तरह आया करते थे, जैसे किसी मेले में जा रहे हों—बस, गाँव में आते ही वे अपना-अपना हँसिया उठाकर खेतों पर टूट पड़ते थे, मानो कोई फ़ौज हो।

और नीता, हमारे ज़मींदार को इसीलिए यह जगह इतनी भायी कि यहाँ धरती सोना उगलती है और मकई काटने वाले उसे काटकर गट्ठरों में बाँध देते हैं। यह सही है—इस धरती पर ईश्वर की कृपा-दृष्टि है।"

अब धियोर्धे बार्बा की बारी आई। झोंपड़ी के दूसरे छोर से बोला, "मैं तुमसे सहमत हूँ—फ़सल के दिनों में यहाँ रहने में मज़ा आता है। आदमियों और औरतों के झुंड-के-झुंड—खचाखच भरे खलिहान—हँसी-खेल, गाना-बजाना—आग के इर्द-गिर्द बीतने वाली शामें जब ढेरों लोग जमा हों तो हमेशा ऐसा ही होता है...।"

"अच्छा, बार्बा, यह तो तुम्हें क़बूल करना ही पड़ेगा," फालीबोगा ने उसे चिढ़ाते हुए कहा, "कि तुम्हें तभी मज़ा आता है जब तुम गाते रहते हो और छोकरियों को छेड़ते रहते हो! याद है, जब तुम जवान थे?"

"अरे, मज़ाक़ क़रने से फ़ायदा!" धियोर्धे बार्बा ने बुदबुदाते हुए कहा, "अब तो बुढ़ापा सिर पर आ गया—जवानी का जवाब नहीं—जानते हो न वह गीत...?"

सब हँसने लगे। चाचा इरीमिया ने लेपादातू की ओर देखकर सिर हिलाया।

"इस-जैसा छोकरा गर्मियों में जी भरकर गुलछर्रे उड़ा सकता है।"

"कौन जाने," नीता ने उत्तर दिया, "अगली गर्मियों में मैं किस सोच में रहूँ?"

"लेकिन क्यों, मेरे लड़के?"

"यह एक राज़ है, चाचा!" फालीबोगा ने कहा, "और तुम्हारे जानने लायक़ नहीं। मुझे ताज्जुब नहीं होगा अगर उसके पहले ही धियोर्धे बार्बा को किसी के विवाह पर बाँसुरी बजानी पड़े...।"

सब ख़ामोश हो गए। किसी ने और कोई सवाल न किया। बस, चाचा इरीमिया एक लम्बी साँस खींचकर बुदबुदा उठे, "भगवान ने चाहा तो..."

चिमनी के तले बहती हवा का शोर सुनाई पड़ रहा था।

"मौसम के आसार तो अच्छे नज़र नहीं आते," मिहालाके प्रेस्कुरिए ने कहा।

फिर ख़ामोशी छा गई। एक क्षण बाद सान्दू का भारी, खुरदरा स्वर फिर सुनाई दिया :

"हूँ...मालूम नहीं, वे अब कहाँ होंगे, हमारे ज़मींदार...किसे पता, कहाँ हों! कहते हैं, इटली वहाँ बसा है, जहाँ का समुद्र ही गर्म है। वहाँ कभी बरसात नहीं होती। हमेशा वसन्त रहता है। ज़मींदार ने एक बार मुझे यही बताया था। हम घोड़ों पर सवार होकर खेतों से गुज़र रहे थे और वे मुझसे बातें करते जा रहे थे, तरह-तरह की बातें।"

"न जाने वह देश कहाँ है?" नीता ने कहा।

"अगर वह समुद्र के किनारे है," मिहालाके प्रेस्कुरिए ने कहा, "तो वह ज़रूर धरती के उस छोर पर होगा जहाँ अबाबील और सारस जाड़े के दिन बिताते हैं—पर ताज्जुब की बात तो यह है कि वहाँ इनसान पहुँच कैसे पाता है?"

"क्यों—इसमें क्या मुश्किल है?" फालीबोगा ने हँसते हुए कहा, "आजकल रेलें चलने लगी हैं—बिजली की तरह दौड़ गए।"

एक क्षण की ख़ामोशी के बाद नीता ने फिर पूछा, "क्या वहाँ के लोग यहाँ से ज़्यादा मज़े में रहते हैं?"

फालीबोगा ने मुस्कराते हुए कहा, "हाँ...आँ...वरना बताओ, ज़मींदार वहाँ क्यों जाते? इसीलिए कि ज़्यादा आराम से रहें। मेरा वश चलता तो मैं भी यों ही सर्दियों से दूर उड़ जाता—हालाँकि पता नहीं, ऐसा क्यों करता... क्योंकि अब तो इसकी आदत पड़ चुकी है।"

"मेरे विचार में," नीता ने कहा, "ज़मींदार साहब अपनी पत्नी को ख़ुश करने के लिए ही वहाँ गए हैं—वह इतनी गोरी और कोमल जो हैं। सच, मैंने आज तक इतनी सुन्दर स्त्री नहीं देखी। वे ही ज़मींदार को अपने संग घसीट ले गई होंगी। तुमने देखा नहीं, वे उन्हें कैसे निहारते थे? जैसे हीरे को देखते हैं। शायद इस समय वे मज़े से बातें करते आनन्द मना रहे होंगे।"

उन्हें चिमनी के भीतर गरजती, फुफकारती हवा का शोर फिर सुनाई दिया। तेल की लालटेन की लौ ज़ोर से काँपी और बुझने लगी।

अमीन उठ खड़ा हुआ और अपना चाबुक और फ़र की टोपी ढूँढ़ने लगा।

"ज़रा देखूँ, बाहर क्या हो रहा है," उसने कहा।

"मैं भी चलता हूँ," नीता ने फुसफुसाते हुए कहा और उठ खड़ा हुआ। भेड़ की खाल का कोट उसने अपने कन्धों पर डाल लिया, "लड़के मेरी राह देख रहे होंगे।"

ज्योंही वे झोंपड़ी से बाहर आए, हवा में उड़ते बर्फ़ के गाले उनके चेहरों से टकराने लगे। वे कुछ ही आगे बढ़े होंगे कि आँधी ने उन्हें अपनी बर्फ़ीली भँवर में जकड़ लिया।

"धत्तेरे की!" फालीबोगा थूककर मुँह पोंछते हुए चीख़ उठा, "गले में भरी जाती है।"

नीता ने भेड़ की बड़ी खाल कसकर लपेट ली।

फालीबोगा झोंपड़ी की ओर चलने लगा। "ऐसे काम नहीं चलेगा," उसने कराहते हुए कहा, "मुझे जाकर कोई मोटी चीज़ पहननी होगी—नीता, तुम आज रात जानवरों को छोड़कर मत जाना। इस आँधी-तूफ़ान में न जाने क्या हो।"

"मैं तो रातों को भी उन्हीं के पास सोता हूँ," नीता ने अमीन से विदा लेते हुए जवाब दिया।

पहले उसका मन हुआ कि वह खलिहानों की तरफ़ चल दे, ताऊ नस्तासे की झोंपड़ी की ओर, मार्धियोलीता को देखने और उससे बतियाने।

किन्तु दूसरे ही क्षण वह अस्तबल की ओर चल पड़ा।

कुछ असाधारण-सी बात नज़र आ रही थी—धरती पर भी, हवा में भी। लगता था, हवा में हज़ारों-लाखों सुइयाँ भरी हों।

कपड़ों की महीन-से-महीन तहों तक में बर्फ़ घुस आई थी। आकाश में मानो कोई भीषण प्रवाह गरज रहा था।

जब नीता अस्तबल के पास पहुँचा, उसने पहचाना कि हवा और भी प्रबल हो गई है। उसने देखा कि लड़के अस्तबल के कोने में सिमटे-ठिठुरे उसकी प्रतीक्षा कर रहे हैं। उसे देखते ही उसका कुत्ता उछलकर आया और

उसकी टाँगों से अपनी देह रगड़ने लगा। मवेशी अँधेरे में निश्चल खड़े थे। नीता को लगा कि वे सिर उठाए, कान लगाए बेचैन खड़े हैं।

बाड़ों में रखे नरसल के खाँखों पर बर्फ़ की थपथपाहट का सूखा स्वर सुनाई पड़ रहा था। बर्फ़ के गाले छतों और सूराख़ों से भीतर घुसे आते थे। हवा के थपेड़े अनेक अदृश्य विराटकाय पंख फड़फड़ाते, क्रोध में फुफकारते लकड़ी की कमज़ोर दीवारों से बार-बार टकराते थे।

"नीता चाचा," लड़कों में से एक निस्तोर ने कहा, "आज रात ज़रूर भेड़िये फिर मवेशियों के बाड़े में आएँगे।"

"चुप रह—बकवास मत कर। अगर वे आए तो हमारे कुत्ते उनका भुर्ता बना देंगे—और फिर हमारे पास बन्दूक़ें भी तो हैं। कुछ भी हो, ऐसे मौसम में भेड़िये भी अपनी माँद छोड़ने की हिम्मत नहीं कर सकते।"

"चाचा, आप यहाँ अकेले कैसे रहेंगे? ज़रा देखिए तो—बाहर क्या हो रहा है।...लगता है, प्रलय होने वाली है।"

"अरे लड़को!" नीता ने मृदु स्वर में कहा, "लगता है, आँधी ने तुम्हें भी उसी तरह डरा दिया है, जैसे तुम्हारी उम्र में मैं डर जाता था। घबराओ मत, चलो, सो जाओ!"

लड़के गिरते-पड़ते अपनी झोंपड़ी की ओर चल दिये—जाते-जाते उन्होंने अस्तबल का दरवाज़ा अच्छी तरह बन्द कर दिया।

नीता जानवरों की क़तार पार करता हुआ अस्तबल के छोर तक जा पहुँचा, वह जानवरों की साँसों को ध्यान से सुनता रहा। वह उस कोने में चला आया जहाँ वह रोज़ अपना बिस्तर बिछाता था। वहाँ उसकी बन्दूक़ भी रहती थी—हमेशा कारतूसों से भरी।

लेकिन क्योंकि बन्दूक़ से भी ज़्यादा उसे अपनी पीतल की मूँठ वाली छड़ी पर भरोसा था—वह उसने निकालकर अपने पास रख ली ताकि ज़रूरत पड़ने पर तुरन्त उठा सके। सुरक्षा की इतनी तैयारी करने के बाद वह भेड़ की खाल अच्छी तरह लपेटकर लेट गया।

पीठ के बल लेटे-लेटे वह काफ़ी देर तक सोचता रहा। उसे नींद नहीं आ रही थी, और बाड़ों के चारों ओर तूफ़ान गरज रहा था। उसे अपने बचपन की याद हो आई और वह अपनी उस ज़िन्दगी के बारे में सोचने लगा जो उसने तरह-तरह के अजनबियों के बीच बिताई थी। उसके मन में माता-पिता की स्मृति इतनी धुँधली पड़ चुकी थी कि कोशिश करने पर भी वह उनका ध्यान न कर सका। कुछ देर बाद उसे अपने प्यार का स्मरण हो आया—उसे लगा, मानो मार्धियोलीता सचमुच उसके सिरहाने खड़ी मुस्करा रही है।

उसके पीछे बाड़े की दीवार में बारीक-सी हवा बह रही थी। और उसके चारों ओर घिरा अँधेरा मानो उसके सपनों की धुँधली छायाओं और आकृतियों में भर गया था।

अचानक वह अपनी कोहनी के सहारे उठ बैठा—उसे लगा, जैसे बाहर कोई विचित्र-सी चीज़ हवा में थरथरा रही है।

'आज हवा सचमुच तेज़ है।' उसने सोचा।

कोई विराम नहीं, कोई ढील नहीं। लगता था मानो कोई कल्पनातीत, अति-मानवीय तांडव-शक्ति सारे बाँध तोड़कर समूचे अस्तबल को उठाकर अपने संग बहा ले जाने वाली हो। एक अन्तहीन चीत्कार हवा को भेदता हुआ क्षितिज के उन सुदूर कोनों तक गूँज रहा था जो पहले शान्त और निस्तब्ध थे।

"यह तूफ़ान तो धरती को हिलाए डाल रहा है," काँपते हुए नीता फुसफुसाया।

जानवर बेचैन-से होकर एक-दूसरे के पास सिमट आए।

सरमानू गुर्राने लगा मानो उसने किसी की आहट सुनी हो।

"चुप बैठे रहो—कोई नहीं," नीता ने कहा।

वह खड़ा हो गया—और अँधेरे को चीरकर देखने की कोशिश करने लगा। जानवरों की बेचैनी कैसे दूर की जाए, वह यही सोच रहा था। किन्तु मवेशियों ने और कुत्ते ने पहले ही भाँप लिया था कि कुछ होने वाला है, मनुष्य से भी पहले।

जब मनुष्य को उसका आभास हुआ, तब समय हाथ से निकल चुका था।

अस्तबल की दीवारों के जोड़ सहसा तेज़ आवाज़ करते हुए चरमराने लगे।

जानवरों में भगदड़ मच गई और वे एक-दूसरे से भिड़ते हुए अस्तबल की दीवारों से टकराने लगे। बाहर आँधी के थपेड़े, भीतर से मवेशियों में अन्धाधुन्ध तोड़-फोड़—अस्तबल डगमगाने लगा। गरजते-हाँफते जानवर ध्वस्त दीवारों से निकलकर बाहर भागने लगे। सरमानू के कंठ से मनुष्य की-सी निराश चीख़ निकल पड़ी।

घास-फूस का एक ढेर विराट पंख की तरह फड़फड़ाता नीता पर आ गिरा। धक्के से सुन्न होकर और वह सोचकर कि उसे किसी मानवीय शत्रु से अपनी रक्षा करनी है, वह अपनी छड़ी टटोलने के लिए झुका। किन्तु दीवार के एक सूराख़ से हवा भड़भड़ाती हुई भीतर आई और बर्फ़ के थपेड़ों ने उसे अन्धा कर दिया।

क्षण-भर में ही सब कुछ हो गया।

निकटवर्ती खेतों में जानवर गरजते-चीख़ते भागते रहे। नीता चारों खाने चित पड़ा था, उसे उठने का समय नहीं मिला।

घास-फूस का भारी छप्पर धड़धड़ाता हुआ उसके ऊपर ज़ोर से आ गिरा। वह उसके बोझ से कुचल गया। उसे लगा कि वह गया।

एक क्षण के लिए उसे अपने कुत्ते की गुर्राहट सुनाई पड़ी और फिर उसका आर्तनाद हवा में डूब गया।

हवा के झोंकों में अपनी घोड़ी पर सवार घर लौटते हुए फालीबोगा ने जानवरों की गर्जना, कर्णभेदी चीत्कार और अस्तबल के ढहने की गड़गड़ाहट सुनी। वह जल्दी से रास्ता छोड़कर अपनी भारी फटी आवाज़ में चिल्लाने लगा।

"अरे नीता, यह क्या हो रहा है? तुम कहाँ हो?"

वह अपनी घोड़ी से उतरा और उड़ती बर्फ़ में तेज़ी से लपका। बर्फ़ ने उसे अन्धा कर दिया। उसने अपने हाथ-पैरों से ज़मीन टटोली। फिर अचानक वह ठिठक गया और ध्यान से सुनने लगा—सन्देह की कोई गुंजाइश न थी, पास ही कोई व्यक्ति कराहा। वह एक क्षण के लिए झिझका। क्या यह बेहतर न होगा कि वह पहले झोंपड़ियों में जाकर सबको सचेत कर दे?

किन्तु सोचने-विचारने का समय न था। ध्वस्त अस्तबल के घास-फूस को दाएँ-बाएँ बिखेरता वह अँधेरे में टटोलने लगा। रह-रहकर वह ठिठक जाता और कान लगाकर सुनने लगता। वह फिर चिल्लाया, "अरे ओ नीता, तुम कहाँ हो? देखो—यह मैं हूँ। क्या तुम्हें मेरी आवाज़ नहीं सुनाई पड़ती?"

अब कराहने का स्वर अधिक निकट और स्पष्ट सुनाई दे रहा था। फालीबोगा झोंपड़ी की ओर मुड़कर ज़ोर-ज़ोर से चिल्लाने लगा, "भाइयो—क्या कर रहे हो? भगवान के लिए जागो!"

तभी एक विचार उसके मस्तिष्क में कौंध गया। उसने झपटकर अपने कन्धे पर लटकती राइफल उतारी और हवा में दो बार फ़ायर किया। गोलियों की आवाज़ें दुर्दान्त हवा में घुल-मिल गईं।

फालीबोगा फिर अपने हाथों को खुजलाता हुआ नीचे झुका—आख़िरकार हाँफते हुए उसके हाथ भेड़ की खाल पर पड़े—नीता का कोट। उसमें लिपटी नौजवान की देह अब भी गर्म थी।

अमीन ने यथाशक्ति सँभालकर उसे घास-फूस और शहतीरों के ढेर से बाहर निकाला और फिर उसे भेड़ की खाल में लपेट लिया। तब वह लपककर अपनी घोड़ी पर सवार हो गया और झोंपड़ों की ओर सरपट दौड़ता हुआ अपनी भयंकर आवाज़ में चिल्लाने लगा।

विनाश और भय की वह रात—नीता लगभग मौत के मुँह में जा चुका था।

उसे बूढ़े लोगों की झोंपड़ी में ले जाया गया। उसकी खोपड़ी फट गई थी और टाँगें टूट गई थीं। उन्होंने तुरन्त ज़ाना को बुला भेजा—उसने आते ही घी में भिगोकर आटे की पुल्टिस बनाई और नीता के सिर के पास छोटी-सी मोमबत्ती रख दी। बूढ़े लोग रात भर उसके सिरहाने बैठे रहे। वह आँखें बन्द किये लगातार कराहता रहा।

अभी पौ भी न फटी थी कि मार्धियोलीता वहाँ आ पहुँची—मानो आँधी उसे अपने संग खींच लाई हो। वह फूट-फूटकर रोने लगी। उसने अपने हाथों में अपना सिर थाम लिया और मुँह के बल ज़मीन पर गिर पड़ी, उसी बेंच के पास जहाँ उसका प्रेमी लेटा था।

तीन दिन और तीन रात नीता को होश नहीं आया। उसकी देह कुचल गई थी। झोंपड़े में छनकर आती धुँधली रोशनी उसकी अधमुँदी आँखों में चमकने लग गई।

उस ज़माने के ये क़िस्से—जब प्रुत प्रदेश वीरान हो गया था—मुझे बोर्देनि के एक किसान ने सुनाए थे।

गर्मियों के दिन थे। घूमता-फिरता मैं उस गाँव में आ पहुँचा था जहाँ यह महानुभाव मेयर थे। मैं उनके घर के आँगन में ठहरा था—घर के चारों ओर खपच्चियों का बाड़ा लगा हुआ था।

उसने मेरे घोड़ों को अपने अस्तबल में शरण दी, जिसकी पुती हुई दीवारों पर नीले धब्बे पड़े थे। फिर उसने मुझे अपने घर की छत पर आराम करने के लिए आमंत्रित किया।

वह बलिष्ठ व्यक्ति था। छोटी-छोटी मूँछों पर सफ़ेदी के छींटे, लम्बे-लम्बे बाल और घनी भौंहों से ढकी आँखें। मैंने लक्ष्य किया कि वह ज़रा झुककर चलता था—कुछ-कुछ लँगड़ाता हुआ।

उसने बड़े प्रेम से मुझे ठंडा पानी देकर मेरी प्यास बुझाई। इस दौरान उसकी पत्नी ने अतिथियों के सम्मान में चुकन्दर के शोरबे में मोटी-ताज़ी मुर्गी का गोश्त भी मिला दिया था। दो छोटे-छोटे चंचल लड़के घर के काम से कभी भीतर जाते थे, कभी बाहर—साफ़-सुथरे झोंपड़े के मवेशियों के बाड़े तक वे दौड़-दौड़कर चक्कर लगा रहे थे।

काफ़ी देर बाद, जब मैं भोजन कर चुका, तब एक व्यक्ति छत पर आकर कुछ दूर बैठ गया और अपनी पत्नी को बुला भेजा।

"मार्धियोलीता—आओ, तुम भी एक गिलास शराब पी लो।" उसने मृदु स्वर में कहा।

जब कुछ देर बाद उसकी स्त्री अपने करघे के पास चली गई तब वह किसान नीता लेपादातू—मुझे अपनी उस ज़िन्दगी के बारे में बताने लगा जो उसने ज़मींदार जार्ज आव्रामेनू की जागीर में गुज़ारी थी। उसने मुझे सब घटनाएँ सुनाईं—उस भयानक रात के बारे में भी बताया जब वह मरते-मरते बचा था, और उस पीड़ा के बारे में भी जिससे उसे वसन्त ऋतु तक छुटकारा न मिल सका।

"किन्तु वसन्त के दिनों में," उसने मेरी ओर मुस्कराकर देखते हुए कहा, "मैं झोंपड़ी से निकलकर बाहर धूप में बैठ जाता था—और जब परिन्दे लौटने लगे और खेतों में फूल खिलने लगे, मेरे कष्टों का अन्त हो गया... ज़मींदार साहब भी घर लौट आए और हमने—मैंने और मार्धियोलीता ने उन्हें और बेगम को अपने विवाह का निमंत्रण दिया।

"जानते हैं—विवाह के लिए हमें याशि जाना पड़ा था। बेगम साहिबा हमारा रेगिस्तान दुबारा नहीं देखना चाहती थीं, पर वे हमारे विवाह में शामिल होने के लिए राज़ी हो गईं...क्योंकि मैंने बड़ी भक्ति से उनकी सेवा की थी और जिन दिनों वे समुद्र के किनारे की गरमाई में आराम में मज़े लूट रहे थे, उन्हीं दिनों मैंने कष्ट झेले थे।

"उन दिनों हमने काफ़ी यायावरी की, बहुत-से गाँवों और क़स्बों में घूमे। और जब हम वापस आए तो हमें वह जागीर, ज़मीन का वह टुकड़ा ज़मींदार साहब ने दिया था—बड़ा वीरान और बेगाना-सा लगा। और क्योंकि हमने बड़ी-बड़ी चीज़ें देखी थीं...मकान और बड़े-बड़े खेत और रेलें और न जाने क्या-क्या, इसलिए हमने सोचा कि हमें अच्छी तरह रहना चाहिए और झोंपड़ी छोड़ देनी चाहिए—हमने अपने लिए एक मकान बना लिया...और हमारे बाद औरों ने भी यही किया—लेकिन बेचारे हमारे ज़मींदार—कुछ अर्से बाद वहाँ कभी वापस नहीं आए। उनकी बेगम ने जो चाहा, उन्होंने किया और कहीं और जाकर जागीर ख़रीद ली...ये खेत औरों के हाथ चले गए। उनके हिस्से कर दिये गए और एक-एक करके तरह-तरह के लोग उनके मालिक बने। कुछ हिस्से जागीर के पुराने निवासियों ने भी ख़रीदे। बहुत-से लोग जो इन्हीं झोंपड़ों में पैदा हुए, बड़े हुए—अब स्वयं अपनी-अपनी ज़मीनों के मालिक हो गए हैं।

उन्होंने अपने लिए ऊँचे पक्के मकान बनवा लिये हैं—आज जो जागीर आप देखते हैं, उसने कुछ-कुछ गाँव का रूप धर लिया है—अब हम बाक़ी दुनिया से उतनी दूर नहीं हैं जितने पहले थे।"

जिस समय नीता लेपादातू मुझे यह सब सुना रहा था, गाँव के अन्य निवासी खेतों से लौटते हुए उसी सड़क से जा रहे थे जो नीता के दरवाज़े से गुज़रती थी। उनमें बहुत-से लड़के गा रहे थे और उनके सधे, उल्लासपूर्ण स्वर शाम की ख़ामोशी से गूँज रहे थे।

मेरी आँखें चारों ओर फैले भूखंड पर ठहर गईं। पहाड़ियों पर मकई की सुनहली बालियाँ हवा में सरसरा रही थीं। नीचे की ओर घाटियों की गोद में मवेशियों की चरागाह थी। दक्षिण की ओर मकई के कटे हुए खेतों का अन्तहीन प्रसार दिखाई देता था।

"ज़मींदार की हवेली का क्या हुआ?" मैंने अपने मेज़बान से पूछा।

"उसे गिरा दिया गया और उसकी जगह एक नई हवेली बनी, पहले से भी ज़्यादा ऊँचाई पर। किन्तु दूसरी हवेली भी मालिक के बिना ख़ाली पड़ी रही और फिर गिरा दी गई। और ज़मींदारों ने उस तरफ़ जागीर के बीचोबीच एक नई ख़ूबसूरत ईंटों की कोठी बनवाई है। अब तो प्रायः हर साल ये ज़मींदार अपनी कोठियाँ इस तरह बदलते रहते हैं, जैसे पुराने ज़माने में लोग मवेशियों के बाड़े बदलते थे। लेकिन आजकल तो मवेशियों के बाड़े भी इतनी अच्छी तरह बनाए जाते हैं कि उन्हें बदलने की ज़रूरत नहीं होती।"

नीता लेपादातू ने मुस्कराते हुए कहा, "सुना है—पास ही अब रेल की पटरी बिछाई जा रही है ज़िज़िया घाटी में?"

"हाँ, यह सच है," मैंने कहा, "इसी तरह दुनिया की हर चीज़ बदलती रहती है। लेकिन फालीबोगा? फालीबोगा और ज़ाना पर क्या गुज़री?"

नीता कुछ देर तक अपने ख़यालों में खोया रहा।

"बात यह है," उसने उत्तर दिया, "फालीबोगा की प्रकृति कुछ अजीब थी। वह स्वयं भी अपने बारे में यही कहा करता था। वह तो जंगली घोड़े की तरह था। जब उसने देखा कि यहाँ आबादी दिन-प्रतिदिन बढ़ती जा रही है,

एक के बाद दूसरे नये मालिक बदलते जाते हैं और मालिक पहले की अपेक्षा कहीं अधिक निर्दयी और लालची होता जाता है तो उसका मन उचट गया। एक दिन वह और ज़ाना अपने-अपने घोड़ों पर सवार हुए और प्रुत नदी को पार करके कहीं दूर चले गए। आज तक उनका पता-ठिकाना नहीं मिला, न किसी को उनके बारे में कोई बात सुनाई दी—दोनों पक्षियों की तरह ग़ायब हो गए।"

कुछ देर तक वह हल्की बैंगनी धुंध को देखता रहा जो दूर अँधेरे में इकट्ठी हो रही थी।

"अगर उस भयानक रात को फालीबोगा न होता तो मैं अवश्य ही ख़त्म हो गया होता," उसने कहा, "आपसे सच कहूँ, मुझे उस पर क़तई भरोसा न था—लेकिन वह दिल का नेक था। हर वर्ष मैं गिरजे में उसकी आत्मा के लिए प्रार्थना करवाता हूँ। शायद अब वह जीवित नहीं है—शायद वह अब वहाँ चला गया है, जहाँ एक दिन हम सबको जाना है..."

गर्मियों की उस शाम को नीता लेपादातू से मेरी यही बातचीत हुई थी। धीरे-धीरे उसकी बातचीत से मुझे गुज़रे ज़माने और उस ज़माने के लोगों के बारे में सब बातें पता चल गईं—बूढ़े लोगों और संन्यासिन के बारे में और उन सब लोगों के बारे में जो उन दिनों मिट्टी की झोंपड़ियों में रहा करते थे। सब कुछ सुन लेने के बाद मुझे कुछ वैसा ही सन्तोष हुआ, जैसा कहानी-क़िस्सों में अच्छे और बुरे नायकों की ज़िन्दगी और परिणति को जानने के बाद होता है। अच्छी दिलचस्प कहानी पढ़ने के बाद जिस तरह नींद नहीं आती, उसी तरह उस रात भी मैं देर तक न सो सका। मैं आँखें खोले लेटा रहा और सोचता रहा—मेरा सिर घास-फूस के गट्ठर पर टिका था। धीरे-धीरे उसकी सोंधी गंध अतीत की छाँहों में घुलने लगी।

अन्धा भिखारी

दो वृद्ध प्राणी—एक स्त्री और एक पुरुष—रेशमी कपड़ा बेचने वालों के छकड़ों से बाहर निकलकर धीरे-धीरे अलाव के उजाले में चले आए। स्त्री आगे-आगे थी और पुरुष अपना हाथ ज़रा ऊपर उठाकर उसके क़दम पर क़दम रखता हुआ पीछे आ रहा था। वह गहरी सतर्क दृष्टि से चारों ओर देख रहा था मानो अलाव के इर्द-गिर्द जो बातचीत हो रही थी, उसे ध्यान से सुनने की चेष्टा कर रहा हो।

'बूढ़े की आँखें जाती रही हैं,' उसे देखकर मैंने सोचा। लगता था मानो वह स्त्री एक डोर से इस बूढ़े को घसीटे ला रही है। वह बिना लड़खड़ाए चुपचाप सीधा चल रहा था, जैसे उसके पाँव ख़ुद-ब-ख़ुद भुने हुए मांस की गंध और लोगों की आवाज़ों की तरफ़ खिंचे आ रहे हों।

बुढ़िया ने किसान स्त्रियों की-सी स्कर्ट और छोटा-सा कोट पहन रखा था। उसका सिर एक सफ़ेद सूती शॉल से ढका था। अन्धे की वेशभूषा भी पहाड़ियों की वेशभूषा से मिलती-जुलती थी। अपने देशवासियों की तरह उसने काली टोपी और सफ़ेद कपड़े पहन रखे थे। भेड़ की खाल के कोट के भीतर

मसक-बाजा छिपा था, जो उसने अपने बाएँ कन्धे पर टाँग रखा था—बाजे का अगला सिरा नीचे की ओर लटक रहा था। जब अन्धे को यह लगा कि वह हमारे निकट आ गया है, उसके पाँव आप-ही-आप ठिठक गए। बुढ़िया कुछ डग भरकर आग के पास चली आई। आग की सीधी रोशनी अब सफ़ेद दाढ़ी में जड़े बूढ़े के भावहीन चेहरे पर पड़ रही थी।

अभी तक मेरे बहुत-से साथियों का ध्यान उनकी ओर आकृष्ट नहीं हुआ था। किन्तु कपड़ों का व्यापारी उनसे परिचित था और उन्हें देखते ही हँसने लगा।

"माँ सालोमिया," उसने कहा, "जान पड़ता है, अभी तक बूढ़े छछूँदर ने तुम्हारा पीछा नहीं छोड़ा। रात-दिन जोंक की तरह तुमसे चिपका रहता है।"

"आप ठीक फ़रमाते हैं, हुज़ूर!" बुढ़िया ने अपने ऊँचे, जीवन्त स्वर में उत्तर दिया। उसके स्वर में द्वेष भाव नहीं था। "जब से मैंने रादाउति शहर छोड़ा, यह छाया की तरह मेरे पीछे लगा है। इसकी मंशा है कि इसे मैं याशि ज़िले तक छोड़ आऊँ। शायद यही करना पड़े।" वह हमारी ओर उन्मुख होकर बोलती जा रही थी। "आप यही सोचते होंगे—हर आदमी शायद यही सोचेगा कि बूढ़ा मेरा पति होगा या भाई। लेकिन अपने सगे-सम्बन्धियों से तो मेरा नाता मुद्दत से छूट चुका है। अब तो मैं बस अपने दुःखों की पोटली के साथ ही ज़िन्दगी बिताती हूँ। मेरी अन्तिम इच्छा यही है कि किसी तरह राजधानी में मन्दिर में जाकर पारास्किवा की मूर्ति पर चाँदी की एक मुहर चढ़ाऊँ और अपने दुःखों की पोटली उनके पैरों पर रख दूँ। यह कारण है कि मैं इन व्यापारी महाशय की गाड़ी के साथ-साथ घिसटती जा रही हूँ। लेकिन यह बूढ़ा भी एक ही चालाक है—मेरे पीछे-पीछे चलता हुआ यह आप महानुभावों की मंडली में आ पहुँचा है ताकि आपके सम्मुख अपने मसक-बाजे का प्रदर्शन कर सके। मैंने इसे डाँटते हुए कहा कि यहाँ आने के बजाय इसे अपने सिर पर भेड़ की खाल का कोट रखकर गाड़ी के नीचे सो जाना चाहिए; लेकिन यह धूर्त किसी की सुनता थोड़े ही है।"

बूढ़ा मुस्कराता हुआ अलाव की लपटों की ओर देख रहा था—उसकी आँखों को देखकर लगता था, मानो किसी ने उनमें उबले अंडों की सफ़ेदी भर दी हो।

"मुझे हँसते-बोलते लोगों की संगत अच्छी लगती है," उसने धीमे कोमल स्वर में कहा, "और फिर अगर नई शराब और सींक पर भुना गोश्त भी हो, तो फिर कहना ही क्या! किन्तु सबसे ज़्यादा आनन्द मुझे दिलचस्प कहानियाँ सुनने और अपने पुराने अनुभव सुनाने में आता है। शायद मेरे पापों के कारण ही ईश्वर ने मुझे यह सज़ा दी है कि मैं इस ज़िन्दगी में रोशनी न देख सकूँ और ईसाई भाइयों के सामने हाथ फैलाकर अपना गुज़ारा करूँ। ईश्वर की यही इच्छा है। धरती के कीड़े-मकोड़ों की तरह वह मेरा भी पालन-पोषण कर रहा है। इसीलिए अब से अपने दुर्भाग्य को नहीं कोसता—मैंने सब कुछ उसकी इच्छा पर छोड़ दिया है।"

चौधरी योनिता अन्धे की ओर देखते हुए विस्मय से बोले :

"तुम-जैसे सड़ियल भिखारी को भी मुर्ग़ी का भुना गोश्त अच्छा लगता है?"

"जी हाँ, भाई साहब—अच्छा लगता है," बूढ़े ने मैत्री भाव से उत्तर दिया।

"और तुम्हें शराब भी अच्छी लगती है?"

"जी हाँ," बूढ़े ने उत्तर दिया, "ख़ास कर नथुनों में चुभने वाली नई शराब!"

"और क्या तुम मज़ेदार कहानियाँ सुना सकते हो?"

"हाँ—क्यों नहीं? औरों की ही तरह।"

"लगता है, तुम डींग हाँक रहे हो। अच्छी तरह समझ लो, मोल्दाविया भर में जितनी मज़ेदार कहानियाँ मैं और मेरे मित्र कप्तान नेकोलाई इसाक जानते हैं, इतनी कोई नहीं जानता।"

"हुज़ूर, मैं आपकी बात नहीं करूँगा।"

"हाँ, अब तुमने ठीक बात कही है—क्योंकि अब मैं तुम्हें सबसे ज़्यादा दिलचस्प और रोमांचकारी कथा सुनाने जा रहा हूँ—ऐसी कहानी, जो आज तक किसी ने नहीं सुनाई।"

"ज़रूर सुनाइए, हुज़ूर! आपने जिस बर्तन में अभी-अभी शराब भरी है, उसमें से शराब पीता हुआ मैं आपकी कहानी सुनूँगा। और हमारी मालकिन अन्कुता आपके लिए नये बर्तन में ताज़ी शराब भरकर लाएगी और शराब के साथ जिन दूसरी चीज़ों की ज़रूरत पड़ती है, उन्हें पाकर मैं बड़ी ख़ुशी से आपकी कहानी सुनूँगा। उसके बाद अगर आपकी इच्छा हो—तो मैं अपने मसक-बाजे पर आपको एक गीत सुनाऊँगा।"

"अच्छा रे, अन्धे खूसट बूढ़े! तुझे अच्छे खाने-पीने के अलावा गाने का भी शौक़ है?"

"हाँ, हुज़ूर—ईश्वर की दया से गाने-बजाने के अलावा मेरे और भी कई शौक़ हैं!"

"अच्छा? और क्या तुम्हारे मसक-बाजे के सुर मीठे हैं?"

"सुर? महानुभावो और मेरे भाइयो—उसमें से ऐसे सुर निकलते हैं कि आपको लगेगा, मानो मेरा मसक-बाजा आदमी की महीन खाल से बना है।"

"हो सकता है। अच्छा—तो फिर तुम बाजा ज़रूर बजाना। क्योंकि मेरी इच्छा है कि अन्कुता की सराय में अच्छी तरह वक़्त गुज़ारूँ। रात ढलने लगी है और कृत्तिका के नक्षत्र राजहंस की ओर तेज़ी से बढ़े जा रहे हैं। और मुझे अन्कुता के मुर्ग़ों की बाँग और उनके पंखों की फड़फड़ाहट सुनाई पड़ रही है। इस भारी आवाज़ वाले मुर्ग़े को अगर कल सुबह साग के खट्टे शोरबे में मिलाकर खाया जाए, तो बुरा नहीं रहेगा।"

"मुर्ग़े, साँपों और भूत-प्रेतों को भगाने के लिए ही बाँग देते हैं," अन्धा बोला।

एक क्षण के लिए बातचीत बन्द हो गई। चारों ओर फैले सन्नाटे में हम पंखों की फड़फड़ाहट और मुर्ग़ों के बाँग देने के बिगुल स्वर सुनते रहे। पहले हमें ये स्तर सराय की दीवारों से घिरे दुर्ग के आसपास सुनाई दिये—फिर हमें लगा, जैसे उनकी गूँज मद्धिम संगीत की तरह बहुत दूर से मोल्दावा नदी को छूती हुई हमारे पास तिरती चली आ रही है।

अन्कुता ने चौधरी के हाथ में शराब का नया पात्र थमा दिया।

"योनिता भाव," कप्तान इसाक ने कहा, "अन्कुता ने तुम्हें शराब का नया प्याला दिया है—किन्तु मुस्कराई है वह मुझे देखकर। तुमसे अधिक मुझे ख़ुश होने का अधिकार मिला है—क्यों, ठीक है न?" मालकिन मुस्कराई।

"अगर यह बात है तो मैं अपना प्याला अन्धे को दूँगा—वह सिर्फ़ मेरे लिए मसक-बाजे पर गीत गाएगा," चौधरी ने निर्णय दिया।

"घबराइए नहीं, हुज़ूर!, मैं बजाऊँगा।"

जब बूढ़ा हाथ बढ़ाकर हमारी ओर आया, तब वह बूढ़ी स्त्री, जो भिखारी को अपने साथ लाई थी, न जाने क्यों कुछ झुँझलाई-सी दिखाई पड़ी।

"पता नहीं, ये लँगड़े-लूले, भिखारी भले आदमियों की महफ़िल में क्यों घुस आते हैं!"

"बहन सालोमिया, ग़ुस्सा क्यों होती हो?" भिखारी बुढ़िया की ओर उन्मुख होकर बोला, "जानतीं नहीं, ग़ुस्से में शैतान का वास है।"

"मैं तुम्हारी बहन नहीं हूँ," बुढ़िया ने खीझकर कहा और मुँह बिच्चकाकर मुँह फेर लिया।

"तुम मेरी बहन नहीं हो—यह सही है। मैं ठहरा दुनिया-भर में भटकने वाला सड़ियल भिखारी। और दुनिया बहुत ख़ूबसूरत है, हालाँकि मैं इसे देख नहीं पाता। यह दुनिया अभी जवान है—हालाँकि मैं इसे महसूस नहीं कर सकता। याद है सालोमिया, जब तुम गले में मोतियों का हार पहनती थीं—तब तुम्हारा हृदय कितना दयावान था! अब वह तुम्हारी दया कहाँ गई? अब तुम मुझ पर ग़ुस्सा क्यों करती हो?"

वृद्धा चुप थी। अन्कुता हँस पड़ी।

"क्या कहा? तुम्हें मोतियों की भी पहचान है?" चौधरी योनिता ने पूछा।

"क्यों नहीं? मैंने एक बार देखे थे और मुझे मालूम है, वे कैसे चमकते हैं! हुज़ूर, मोती वे रतन होते हैं, जो समुद्र की सीपियों में पाए जाते हैं। आज की-सी पतझड़ की रातों में—जब समुद्र शान्त होता है—सीपियाँ किनारे पर आकर चाँदनी में खुल जाती हैं। और जब किसी शबनम की बूँद टपक जाती है,

तो वे बन्द होकर दुबारा समुद्र की गहराइयों में लौट जाती हैं। शबनम की उस बूँद से ही मोती का जन्म होता है।"

"जहाँ तक मैं समझता हूँ, यह अन्धा भिखारी तो बड़ा ज्ञानी है," रेशमी कपड़ों के व्यापारी ने शराब के प्याले पर अपनी दाढ़ी हिलाते हुए कहा।

हम अलाव के और निकट खिसक आए। अन्धा मुड़कर अपने प्याले से शराब सुड़कने लगा। फिर उसने हमारी ओर मुँह किया और अपनी अनन्त रात्रि में मुस्कराने लगा। उसने शराब का प्याला ज़मीन पर रख दिया और उसके पास पालथी मारकर बैठ गया। फिर उसने अपने मसक-बाजे की तूतनी मुँह में दबाई और लम्बी साँसें खींचता हुआ बाजे की थैली फुलाने लगा। बाजे को अपनी बाईं कुहनी के नीचे रखकर उसने धीरे से दबाया—अचानक एक तीखी चीत्कार उसके भीतर से उफन पड़ी, मानो कोई पीड़ित स्वर में चीख़ उठा हो। फिर वह उस पर किसी पुराने गीत की धुन बजाने लगा।

"यह बकरी का गीत है।" अन्धे ने अपना मुस्कराता चेहरा हमारी ओर उठा दिया। "इसके बाद अगर आप और कुछ सुनने की फ़रमाइश करेंगे, तो मैं वह भी सुनाऊँगा।"

"बजाओ!" गड़ेरिए ने अपने कर्कश, खुरदरे स्वर में कहा।

कप्तान इसाक ने न हमारे सिरों के ऊपर नज़र उठाकर गड़ेरिए को देखा और कौतुक-भाव से मुस्कराने लगा।

अन्धा फिर फूँक मारकर बाजे की मसक फुलाने लगा और जब वह पूरी तरह फूल गई तब बाजे के सूराख़ों पर अपनी दक्ष, सधी हुई अँगुलियाँ फेरने लगा। वर्षों पुरानी एक उदास धुन बाजे से निकलने लगी। फिर उसने अपनी भावहीन आँखें आकाश के तारों की ओर उठाईं और मुँह से बाजे की तूतनी हटाकर गाने लगा। उसका गीत उन तीन गड़ेरियों के बारे में था जो अपनी भेड़-बकरियों के साथ पहाड़ों के नीचे उतर आए थे। और उनमें से दो गड़ेरियों ने आपस में यह षड्यंत्र रचा था कि वे तीसरे को—जो उनमें सबसे छोटा था—मौक़ा पाते ही मार डालेंगे :

दूर, अब भी पहाड़ी में गूँज
रही है
एक बाँसुरी,
तीन साँवले गड़ेरिए
बजाते हुए
हाँक रहे हैं अपनी
सीधी-सादी भेड़ों का
झुंड।

और फिर बाजे की बाँसुरियों से बीते ज़माने की पुकार फूट पड़ी। मुझे लगा, जैसे मेरे भीतर किसी पुराने युग के लोगों की धड़कन गूँज रही है, जिनका अब हमारी दुनिया से कोई वास्ता, कोई सम्बन्ध नहीं रहा है। जीवन में पहला अवसर था जब मैं गड़ेरियों का यह गीत सुन रहा था। ज़रा ध्यान से सुनने पर मुझे लगा मानो स्वयं बकरी आदमियों की भाषा में विलाप कर रही हो! अपने मालिक के सम्मुख उस नौजवान गड़ेरिए की मृत्यु का ब्योरा देते हुए वह कह रही थी :

उन्होंने किया एक षड्यंत्र
जल्दी से उसे कर देने को
ख़त्म।
ठीक सूर्यास्त समय
छाया जब गहरी हो,
पहाड़ और गहरे में
झुका हुआ कुहरा हो,
और तमाम भेड़ों पर
नींद की एक लट
कहीं लहरी हो...।

गीत के बाक़ी छन्दों की स्मृति अब धुँधली पड़ चुकी है। और उनके बीच-बीच में मसक-बाँसुरियों से कराह निकलती थी। बाजे की मसक से हवा धीरे-धीरे निकल रही थी मानो कोई थका-माँदा दानव अन्धे के पैरों पर लोटता हुआ हाँफ रहा हो! बूढ़ा एक भुक्खड़ की तरह मुर्ग़ी की टाँग चबा रहा था और बड़े-बड़े गस्से निगल रहा था। खाते समय उसकी आँखों का सफ़ेद रंग काले गड्ढों से निकल पड़ता था। अपने प्याले की शराब की आख़िरी बूँद पी लेने के बाद वह पुनः अपनी शून्य भावहीन आँखों से हमारी ओर देखने लगा।

एराऊ के सीधे-सादे, उजड्ड गड़ेरिए और संत हारालम्ब की दर्शन-यात्रा पर जाने वाले संन्यासी, दोनों के चेहरों से आँसू टपक रहे थे। फिर मैं अपने आँसुओं पर क्यों शर्म करूँ जो किसी बेमानी ख़याल में उलझकर ख़ुद-ब-ख़ुद निकल आए थे?

"हुज़ूर, आप चाहें तो मैं आपको कुछ और गीत सुना सकता हूँ, जो पिछले गीत से भी ज़्यादा ख़ूबसूरत हैं," भिखारी ने कहा।

"अगर तुम उससे भी ज़्यादा ख़ूबसूरत गीत जानते हो, तो तूने यह गीत क्यों सुनाया?" द्रागानेस्ती के चौधरी महाशय योनिता ने खीझकर कहा।

"कारण यह है—सज्जनो और भाइयो!" बूढ़े ने उत्तर दिया, "बचपन में जब मेरी आँखें चली गईं तो मैं अपना गाँव छोड़कर बाहर दुनिया में चला आया। घूमते-घामते एक शाम मैं प्रुत नदी के किनारे गड़ेरियों की बस्ती में पहुँचा। कई दिनों उन्हीं के साथ रहा। हर रात को काफ़ी देर तक मैं उनके संग अलाव के इर्द-गिर्द बैठा रहता था। ऐसी ही एक रात की घड़ी में उन वीरान प्रदेशों के गड़ेरियों ने अलाव के पास बैठकर मुझे यह गीत सिखाया था। उन्होंने मुझे यह सौगंध भी दिलाई थी कि मैं यह गीत कभी नहीं भूलूँगा और मसक-बाजे पर सबसे पहले यही गीत गाया करूँगा। उन्होंने मुझे यह धमकी दी थी कि यदि ऐसा न किया तो मैं किसी भयंकर शाप का भागी बनूँगा।

"महानुभावो और मेरे भाइयो! गड़ेरियों की उस बस्ती को छोड़कर मैंने एक बूढ़े भिखारी की सहायता से प्रुत नदी पार की। यह भिखारी असल में अन्धा नहीं था किन्तु भीख माँगने में उसे कमाल हासिल था।

लोगों के सामने गाते हुए भिक्षा माँगा करता था। वह यह भी बहाना करता था कि उसे आँखों से दिखाई नहीं देता, और वह सफलतापूर्वक अन्धा होने का अभिनय कर लेता था। जब हम अकेले होते, तो वह इस बात को लेकर ख़ूब हँसी-मज़ाक़ करता रहता था। किन्तु ईश्वर उसके अपराधों को हमेशा क्षमा कर देता—शायद ही कोई दिन ऐसा होता जब वह गिरजे में जाकर मूर्तियों के सम्मुख प्रार्थना न करता—यह उसका दैनिक नियम बन गया था। जब हम किसी गाँव से गुज़रते, तो वह किसी मेमने या चूज़े को चुराने से पहले हाथों में क्रॉस बनाकर प्रार्थना करना न भूलता था। और चूँकि वह हमेशा गहरी श्रद्धा और आस्था से प्रार्थना करता, ईश्वर भी उसकी मदद करता था। इसी तरह चलते-चलते मैं उस बूढ़े भिखमंगे के साथ रूस जा पहुँचा। रास्ते में बड़े-छोटे लोगों में से किसी ने भी हमें नहीं रोका। उस देश में भिखारी भी ईश्वर के बन्दे हैं—काग़ज़-मुहर की उन्हें ज़रा भी ज़रूरत नहीं पड़ती। हम ज़िलों, गाँवों और बड़े-बड़े मेलों में मज़े से घूमते रहे—जहाँ भी जाते, ढेरों भिक्षा मिल जाती। अपनी ज़रूरतों को पूरा करने के बाद हमारे पास जो कुछ भी बच जाता, उसे हम सरायों के यहूदी मालिकों या ग़रीब मज़दूरों को बेच देते लेकिन येरोफेई—मेरे साथी का यही नाम था—गिरजे में संतों की मूर्तियों के आगे छोटी-सी मोमबत्ती जलाना कभी न भूलता। ज़ाहिर है, हमारी पूजा से संत काफ़ी प्रसन्न हो जाते थे—उन्हें यह थोड़े ही पता रहता था कि मोमबत्ती ख़रीदने के बावजूद हम अपने पास कुछ पैसे बचा रखते हैं। वास्तव में येरोफेई हमेशा अपनी पेटी के नीचे बटुए में कुछ पैसे छिपाए रहता था। इसी तरह चलते-चलते हम कियेव ज़िले में पहुँच गए। सारी सर्दियाँ हमने वहीं गुज़ारीं और जितने पैसे जमा किये थे, सब ख़र्च कर दिये।

"उन दिनों हम अपने दिन अन्धे भिखारियों के एक संघ में आराम से गुज़ार रहे थे। इस संघ में कुछ लोग सचमुच अन्धे थे और कुछ महज़ अन्धे होने का बहाना करते थे। मेरे लिए वहाँ रहना एक स्कूल में शिक्षा पाने की तरह उपयोगी सिद्ध हुआ। अनेक चीज़ें—हृदयभेदी गीत, भिक्षा माँगने के गुर आदि जिनसे अभी तक अनभिज्ञ था, मैंने पहले-पहल वहीं सीखीं।

किन्तु एक रात शराबियों के बीच रंगरेलियाँ मनाते हुए येरोफेई का किसी के साथ झगड़ा हो गया और वह उसमें मारा गया। बस, उसी रात मैं कियेव छोड़कर भाग खड़ा हुआ। बीच में मुझे कुछ और साथी मिल गए और हम घूमते-भटकते एक बड़ी नदी के किनारे आ पहुँचे, जहाँ लोग तातारी भाषा बोलते थे। हमने इन काफ़िर लोगों के साथ कुछ दिन बड़े आराम और मज़े से गुज़ार दिये। किन्तु अचानक वसन्त के एक दिन देवदारु की गंध सूँघने की तीव्र इच्छा मन में जागृत हो उठी। आदिम जाति के इन लोगों से पीछा छुड़ाकर मोल्दाविया की ओर रवाना हो गया। महानुभावो और भाइयो! तब से मैं जहाँ भी जाता हूँ, यह मसक-बाजा अपने साथ रखता हूँ। इसे बजाते समय हमेशा मुझे प्रुत नदी के गड़ेरियों का शाप स्मरण हो आता है—यही कारण है कि मैंने आपको सबसे पहले यह गीत सुनाया। इसलिए नहीं कि वह मुझे बहुत अच्छा लगता है, मैं सिर्फ़ अपने प्रण से लाचार हूँ। अगर आपकी इच्छा हो तो मैं आपको कुछ और ख़ूबसूरत और फड़कती चीज़ें सुना सकता हूँ...।

"घर लौटते समय रास्ते में मोल्दावा नदी के किनारे मैं एक गाँव का पता चलाना चाहता था। लेकिन लोगों से मालूम हुआ कि वह बहुत पहले ही उजड़ चुका है। गाँव के ज़मींदार और अन्य भद्र लोग कहीं दूसरी जगह जाकर बस गए थे। बीच में न जाने कितने वर्ष बीत चुके थे। मेरे परिवार के सब लोग इस बीच मर-खप चुके थे। मोल्दावा की उमड़ती धाराएँ अपने संग उनकी क़ब्रों और अस्थियों को बहा ले गई थीं और उन्हें कहीं पत्थरों या चरागाहों में फेंककर आगे बढ़ गई थीं। मैं एक पुरानी सराय की तलाश में इधर-उधर भटक रहा था। मुझे याद है, बचपन के दिनों में मैं इस सराय को राजपथ के एक किनारे पर देखा करता था। लोगों ने मुझे बताया कि वह सराय—जिसके निकट एक ज़माने में नेगोयेस्ती का गाँव हुआ करता था—आजकल 'अन्कुता की सराय' के नाम से प्रसिद्ध है और याशि या रोमन जाने वाले यात्री वहाँ लम्बे अर्से तक अपना डेरा डालते हैं।

"अपने देश के देवदारुओं की गंध में झूमता हुआ मैं उस सराय को पीछे छोड़कर आगे बढ़ गया। पता नहीं, उस घटना को बीते कितने वर्ष गुज़र गए।

लेकिन अब फिर मुझे याशि जाने का अवसर मिला है ताकि मैं राजधानी में 'तीन राजपुरोहितों के गिरजे' में संत पारास्किवा के अस्थि-अवशेषों के सम्मुख प्रार्थना कर सकूँ। अब मुझे पता चला है कि एक बार फिर मैं संयोगवश 'अन्कुता का सराय' में ही चला आया हूँ। आप लोगों की दया और सद्भावना के लिए मैं ईश्वर को लाखों धन्यवाद दे रहा हूँ।

"सज्जनो और भाइयो! आज मोल्दावा की लहरों ने मेरे गाँव और गाँव के क़ब्रगाह का नाम-निशान तक मिटा दिया है, लेकिन मैंने अपना बचपन वहीं गुज़ारा था। उन दिनों संत पारास्किवा के चमत्कार के बारे में मेरी माँ की दादी हमें एक सच्ची घटना सुनाया करती थीं। मैं और बहन सालोमिया इसी संत की प्रार्थना करने के लिए यात्रा कर रहे हैं। यह चमत्कार बहुत पहले हुआ था—उन दिनों हमारे पुरखे इसी सराय में रहा करते थे।

"यह ज़माना था जब मोल्दावी देश पर वोयवोद दुका ईसारि की तरह छा गया था। सोने और चाँदी की अपनी अनन्त लिप्सा को शान्त करने के लिए उसने लोगों पर तरह-तरह के टैक्स लगा दिये थे। उन्हीं दिनों घर-घर में वह कहावत प्रचलित हो गई थी : 'झोंपड़ियों पर सबसे ज़्यादा बोझ किसका है? वोयवोद दुका के टैक्सों का।' सारे देश में भालों और बन्दूक़ों से लैस सिपाहियों की टोलियाँ घूमा करती थीं। जहाँ भी वे जाते, लूट-खसोट का बाज़ार गर्म हो जाता। जिस चीज़ पर उनकी निगाह पड़ती—मवेशी, शहद के छत्ते, कपड़े, रुपया-पैसा—उसे वे बलपूर्वक हथिया लेते। जो भी उनका विरोध करने का दुस्साहस करता, उसे अपने प्राणों से हाथ धोने पड़ते।

"देश-भर में राजा दिन-दहाड़े डकैतियाँ कराता फिरता था। शायद ही कोई आदमी उनके अत्याचार से बच पाया हो। लोग अपने घरों को छोड़कर देश के बाहर भागने लगे। आख़िर शिशिर ऋतु की एक शाम कुछ लुटे-पिटे त्रस्त लोग याशि में संत की अस्थियों के सम्मुख प्रार्थना करने आ पहुँचे। राजा के अत्याचारों और अपने दुखड़ों को उन्होंने उसके सामने रख दिया। समाधि उनके आँसुओं से भीग उठी।

"प्रार्थना के तुरन्त बाद लोगों ने देखा—संत की समाधि हिलने लगी है। चौदह अक्तूबर के दिन लोगों की भीड़ के सामने आकाश अचानक काला पड़ गया, हवा में थरथरी-सी फैल गई, बर्फ़ और बारिश का तूफ़ान गरजने लगा। दूसरे दिन सुबह तक धरती बर्फ़ की मोटी परतों से ढक गई थी। लोग आतंकित हो गए।

"और उस रात तूफ़ानी हवा पर चढ़ा महाकाल राजा के दरबार के सामने आकर रुक गया और अपने पंजे उसकी खिड़कियों पर गड़ा दिये। उसने पलक मारते ही वोयवोद को यह ख़बर पहुँचा दी कि अब उसका चालाकी का क्षण आ पहुँचा है—अपनी समूची धन-दौलत पीछे छोड़कर उसे ऐसी महायात्रा पर चल देना होगा जहाँ से कोई वापस नहीं लौटता।

" 'जनाब, आपका हिसाब तैयार है—आपने जिस समझौते पर हस्ताक्षर किये थे, उसे पूरा करने का समय आ पहुँचा है।'

"आपको मालूम होना चाहिए, उसने हस्ताक्षर और मुहर लगाकर इकरारनामा किया था जिसके अनुसार वह निश्चित अवधि तक दुनिया पर मनमाने अत्याचार कर सकता था।

"दुका वोयवोद अपनी चाँदी के पलंग पर लेटा था—यह आवाज़ सुनते ही वह थर-थर काँपने लगा। वह एक ऐसे व्यक्ति की तरह चौंक उठा जिस पर अचानक चाबुक की मार पड़ी हो। उसने भयानक स्वर में अपने नौकरों को आज्ञा दी कि वे तुरन्त गाड़ी में घोड़ा जोत दें। अपने ख़ज़ाने से जितना माल वह अपने साथ ले जा सकता था, उतना लेकर वह भाग खड़ा हुआ और दक्षिण के एक गाँव में आ पहुँचा। किन्तु वहाँ से आगे जाना न हो सका। आँधी ने अचानक उसे घेर लिया—कुछ पोलैंडी लुटेरों ने मौक़ा पाकर उसका सारा धन लूट लिया। महाकाल ने उसका पीछा नहीं छोड़ा था—दाँत फाड़कर हँसते हुए उसने वोयवोद को उसके शत्रुओं के हाथों सौंप दिया। उन्होंने उसे गले से पकड़ लिया और अपने साथ घसीटते ले गए।

"रास्ते पर बर्फ़ के ढेर इकट्ठे हो गए थे और उस पर चलना असम्भव था—उसके घोड़े पस्त हो गए थे, उसने अपनी क़मीज़ की जेब से तीन

स्वर्ण-मुद्राएँ निकालीं, जिन्हें उसने अभी तक छिपा रखा था। एक ग़रीब किसान के हाथों में उसने ये मुद्राएँ रखीं और बदले में उसने लकड़ी की बर्फ़-गाड़ी और एक सफ़ेद घोड़ी ख़रीद ली। इस साधारण बर्फ़-गाड़ी में बैठकर ही दुका वोयवोद इस सराय तक आ पहुँचा था। उस समय उसके पास अपना कहने को एक कौड़ी भी न बची थी। सराय की बुढ़िया से उसने दूध का एक्क गिलास माँगा। वह उसे नहीं जानती थी। शिकवे के लहज़े में उसने कहा कि उसके पास ज़रा सा भी दूध नहीं है।

" 'मेरे लड़के—यहाँ न दूध है, न गायें। हमारे पास कुछ भी नहीं है—सब कुछ दुका वोयवोद के पेट में जा चुका है। सत्यानाश हो उसके पापी पेट का। ईश्वर करे, पाताल में नरक के सूखे कीड़े उसकी बोटी-बोटी चबा डालें!'

"उसने कुछ नहीं कहा। चुपचाप सिर झुकाकर वह अपनी बर्फ़-गाड़ी के पास लौट आया और देखते-देखते यहाँ से ग़ायब हो गया। बाद में सबको पता चल गया कि सराय में आने वाला व्यक्ति कौन था। लुटेरे उसके साथ सीमा तक गए थे। किन्तु वह पोलैंड के बादशाह के पास न पहुँचं सका। अपनी सफ़ेद घोड़ी के साथ वह निर्जन स्थानों और जंगलों में भटकता रहा। आख़िर में वह एक दिन किसी खड्ड में जा गिरा और हमेशा के लिए एक दूसरे अभिशप्त लोक में लोप हो गया। चमत्कार की यह कहानी बूढ़े लोग एक पीढ़ी से दूसरी पीढ़ी के लोगों को सुनाते चले जा रहे हैं—लेकिन सज्जनो और भाइयो! ये सब बातें बड़ी मुद्दत पहले हुई थीं। अब अगर आपकी इच्छा हो, तो मैं आपको एक गीत सुनाऊँ।"

किन्तु उसी समय एक ऐसी घटना घटी जिसकी आशा हम किसान, व्यापारी और छकड़ा चलाने वाले साधारण लोग नहीं कर रहे थे। चौधरी योनिता चिल्ला उठे कि वे उसका गीत सुनना चाहते हैं किन्तु जवान अन्कुता अन्धे के पास खिसक आई और उसका हाथ पकड़कर कहने लगी :

"मैंने यह कहानी अपनी माँ से सुनी थी। बूढ़े बाबा, ज़रा अपना सिर मेरी तरफ़ करो। मेरी माँ मुझे बताती थी कि कोई लड़का महाराज का घर छोड़कर गाँव से भाग गया था। शायद वह तुम्हीं हो!"

"मेरा यही नाम है," बूढ़े ने उत्तर दिया, "मैं ही वह आदमी हूँ।"

वह अँधेरे में मुस्करा रहा था। फिर वह अपनी दसों अँगुलियों से अन्कुता का चेहरा टटोलने लगा।

अन्कुता ने उसका हाथ अपने हाथ में लेकर चूम लिया। फिर उसने कुछ रोटियाँ और भुना हुआ मांस बूढ़े की अँगुलियों के नीचे रख दिया। बूढ़ा फिर ललचाई मुद्रा में गोश्त के लम्बे-लम्बे ग्रास अपने लोहे-जैसे मज़बूत दाँतों से चबाने लगा।

खाते समय वह यह भूल गया कि वह कहाँ बैठा है। लगता था, जैसे अब उसे और कुछ नहीं कहना है। हम सब विस्मय से उसकी ओर देख रहे थे। किन्तु हममें से शायद सबसे अधिक विस्मय चौधरी साहब को था जो अलाव की नाचती लपटों के प्रकाश में धीरे-धीरे घूम रहे थे। उनकी आँखें मंत्रमुग्ध-सी होकर जमी रह गई थीं—भूखे भिखारी पर उतनी नहीं, जितनी उस मृत, ख़ाली दानव पर, जो उनके पास धरती पर आ गिरा था।

ग़रीबों का न्याय

भेड़ की खाल पहने एक लम्बे डील-डौल वाला व्यक्ति छकड़े से बाहर निकलकर आग की रोशनी के पास चला आया और फिर डगमगाते क़दमों से इधर-उधर घूमता हुआ चलने लगा।

फ़सल काटते समय की-सी धीमी लयबद्ध चाल से यह तुरन्त पता चल जाता था कि वह एक गड़ेरिया है। उसकी वेशभूषा से भी उसके गड़ेरिया होने का फ़ौरन पता चल जाता था—सिर ढाँपने का वस्त्र, उसके ऊपर भेड़ की खाल की टोपी, चौड़ी चमचमाती चमड़े की पेटी, ख़ास कर उसकी कड़ी-करारी क़मीज़ जिसे छाछ से धोया गया था। उसके हाथ में एक बड़ा-सा डंडा था जिसे उसने ऊपरी सिरे से पकड़ रखा था। उसकी आँखें इतनी छोटी थीं कि घनी भौंहों और आगे की ओर झुके हुए माथे के नीचे उन्हें देख पाना असम्भव-सा लगता था। उसके बाल लम्बे और घुँघराले थे और उसने उनमें मक्खन चुपड़ रखा था। हँसिया तेज़ करने वाले औज़ार से उसने अपनी दाढ़ी बनाई थी।

"मैंने आप लोगों की सब कहानियाँ सुन रखी हैं—और वे सचमुच

दिलचस्प कहानियाँ हैं," उसने भारी स्वर में कहा, "अब मैं सिर्फ़ उस लम्बे, पतले-दुबले किसान की जीवट वाली कहानी सुनना चाहता हूँ।"

जिस ढंग से उसने हमारे चौधरी साहब की ओर उन्मुख होकर यह बात कही थी, उससे वह किसी निर्जन प्रान्त का उजड्ड गँवार जान पड़ता था।

उस घड़ी तक हमने उसकी ओर कोई ध्यान नहीं दिया था। वह हमारे साथ हमेशा चुपचाप बैठा रहा करता था। उस दिन भी वह चुपचाप शराब पीता रहा था। लेकिन तभी अचानक उसकी बोलती खुल गई, मानो उसने भी हमारे साथ आनन्द-विनोद में भाग लेने का फ़ैसला कर लिया हो! उसने बाएँ हाथ से अपना चुक्कड़ आग की लपटों पर फेंक दिया। अँधेरे में हल्का-सा धमाका हुआ—टूटे हुए चुक्कड़ों के ढेर में गिरकर वह भी चूर-चूर हो गया था। फिर उसकी आवाज़ किसी को सुनाई नहीं दी—मानो उसकी नियति का यह अनिवार्य अन्त हो।

"अब वह पात्र कभी शराब को नहीं छू सकेगा," गड़ेरिए ने मुस्कराते हुए कहा, "और हम उस समय तक नहीं मिल सकेंगे जब तक मैं स्वयं धरती पर मिट्टी के पात्र में न बदल जाऊँ। और जो मुझे नहीं जानते, उन लोगों को मैं बता देना चाहता हूँ कि मैं राराऊ का रहने वाला हूँ, जो यहाँ से ज़्यादा दूर नहीं है। औरों की तरह मेरा भी वहाँ अपना भेड़ों का रेवड़ है। जी हाँ, वहाँ झोंपड़ियाँ खट्टे दूध और पनीर की बाल्टियों से अटी पड़ी हैं और कुछ ऐसी झोंपड़ियाँ भी हैं जहाँ आप चमड़े के कालीन और भेड़ की खाल के कोट भी देख सकते हैं। मेरा नाम कोन्स्टान्टीन मोतोक है। और जो मेरे बारे में कुछ और जानना चाहते हैं, उन लोगों को यह बता देने में मुझे कोई आपत्ति नहीं है कि सिरेत नदी के तट पर जो गाँव है, मैं वहीं अपने रिश्तेदारों से मिलने जा रहा हूँ। पता नहीं, वे अब भी जीवित हैं या मर-खप गए। एक ज़माने में मेरी बहन इसी गाँव में रहती थी—बहुत पहले बचपन में मैंने उसे देखा था। वहाँ जाकर यदि मुझे पता चला कि वह जीवित नहीं है, तो मैं दुबारा अपनी पहाड़ी चोटियों पर लौट आऊँगा—अपनी भेड़ों, अपने साथियों और अपने चिरकालीन दु:ख के आश्रम में—उन चोटियों पर, जहाँ हवा मनुष्य के मन की तरह दिन-रात भटकती रहती है।

"लेकिन अब तो मेरा मन जी भरकर हँसने को चाहता है। मुझे अपने उस दोस्त की बात याद आ रही है, जिसने मुझे इस रास्ते से गुज़रते हुए अन्कुता की सराय में शराब पीने की नेक सलाह दी थी। हाँ, जनाब, इसके अलावा उसने मुझे और भी बहुत-सी मज़ेदार बातें बताई थीं—इस प्रदेश में उसके जो अनुभव हुए, मेहरबानी करके उनकी चर्चा किसी से न करिएगा। उसे अनेक तकलीफ़ों का सामना करना पड़ा था। लेकिन अब इतने बड़े बर्तन में इतनी शराब पी लेने के बाद उसके रोमांचकारी अनुभवों को याद कर पाना असम्भव है।"

"रोमांचकारी अनुभव? कैसा अनुभव?" योनिता ने अपने ढंग से पूछा।

"हाँ, जनाब, एक बहुत ही अच्छा और सम्मानपूर्ण अनुभव—एक ऐसे आदमी का रोमांचकारी अनुभव, जिसे मैं अपने भाई से भी ज़्यादा मानता हूँ। हाँ, भई, ज़रा अपनी सारंगी का तार तो छेड़ो—मैं महान डाकू वेसिली के सम्मान में एक वीररस का गीत गाना चाहता हूँ। उसके बाद यदि आप सब लोग सहमत हों, तो मैं आपको उसके रोमांचकारी अनुभव सुनाऊँगा, वरना चुपचाप बैठा रहूँगा।"

फिर वह कुछ-कुछ नकियाते हुए पतले और ऊँचे स्वर में गाने लगा। इतना मोटा, भारी व्यक्ति इतनी पतली आवाज़ में गा सकता है, यह सचमुच आश्चर्य की बात थी।

ज़रा सुनिए :

एक लड़का तेजस्वी, अचंचल
रात के अँधेरे में साफ़
चला आता है
बिना पिस्तौल, बिना बेल्ट
निडर, निहत्था और विहंग,
ख़ाली हाथों
केवल ऊन से ढके हुए अंग।

उसकी इतनी ऊँची आवाज़ सुनकर मुझे हँसी आने लगी—लेकिन मेरे उल्लास की कोई सीमा न थी। पियक्कड़ लोगों को नापसन्द करना मेरे लिए असम्भव है। किन्तु वह अचानक चुप हो गया और दाँत फाड़कर मुस्कराने लगा। उस मुस्कान में प्रसन्नता से अधिक एक अजीब-सी कटुता छिपी थी।

"अच्छा—अब सब कौए चुप हो जाएँ," उसने जिप्सियों को देखते हुए अपनी मोटी आवाज़ में कहा, "और ये सारंगियाँ अपने पंखों के नीचे छिपा लें। अब अगर आप सबकी अनुमति हो, तो मैं आपको वही कहानी सुनाऊँगा, जिसका ज़िक्र मैंने अभी किया था। सच कहता हूँ—अगर आपको पसन्द न आए तो मेरा नाम बदल के रख दें।"

सराय की काली रूपरेखा पर नज़र डालते ही उसके चेहरे पर एक काली छाया सिमट आई और उसने अपना डंडा बग़ल में दबा लिया और गड़ेरियों की तरह उस पर झुककर बैठ गया। फिर उसने उड़ती निगाहों से हमारी ओर देखा—किन्तु वास्तव में वह हमें नहीं देख रहा था, उसकी दृष्टि अचानक अतीत में गोते लगा रही थी।

हममें से शायद चौधरी योनिता ही ऐसे थे जो उसे टेढ़ी दृष्टि से देख रहे थे। उस दृष्टि में बेसब्री और घृणा के मिले-जुले भाव देखे जा सकते थे। आख़िर यह स्वाभाविक ही था। इस सीधे-सादे अपढ़ गँवार ने अचानक ही हमारे चौधरी साहब का मुँह बन्द कर दिया था। न जाने आज वे हमें कौन-सी महत्त्वपूर्ण बातें कहने जा रहे थे!

किन्तु गड़ेरिया था कि न उसे लोकाचार की ख़बर थी और न किसी प्रकार की लाज शर्म।

"अच्छा, तो मैं क्या कहने जा रहा था?" निर्जन स्थानों की एक सुदूर मुस्कान उसके चेहरे पर थिरक रही थी, "काश, मैं सारी कहानी आपको बाँसुरी बजाकर सुना सकता, किन्तु यह असम्भव है। ख़ैर, अपनी तरफ़ से जितना बन पड़ेगा, उतना ही सही। अच्छा, तो मेरा वह दोस्त सिरेत नदी के तट पर फियरबिन्ती नामक गाँव में रहता था। उन दिनों वहाँ एक धनी ज़मींदार

रादूकन क्योरू रहता था—उसकी अपनी बड़ी भारी जागीर थी। ज़मींदार काणा था, बीवी मर चुकी थी; लेकिन उसकी जवानी में कोई फ़र्क़ नहीं आया था। समय-समय पर किसी गाँव वाले की स्त्री पर उसका मन फिसल जाता था। एक हद तक हमारे लिए यह काफ़ी दिलचस्प विषय था और अक्सर हम आपस में इस बात को लेकर हँसी-मज़ाक़ किया करते थे। किन्तु फिर कुछ ऐसा हुआ कि हमारे दोस्त ख़ुद उसका शिकार बन गए—और तब यह उनके लिए हँसी-मज़ाक़ का विषय न रहा। कुछ नेकदिल स्त्रियों से उसे पता चला कि ज़मींदार ने उसकी पत्नी ईलिन्का को अपनी हवेली में बुलाया था।

'क्या सचमुच?' वह चीख़ उठा।

'अरे, यह तो कुछ भी नहीं—हवेली से घर वापस आते हुए उसके हाथ में एक चटख लाल रूमाल भी था।'

यह सुनते ही मेरा दोस्त जंगली चूहे की तरह काँपने लगा। उसने बोरियों की भरी अपनी गाड़ी सराय के दरवाज़े पर ही छोड़ दी, चाबुक बैलों के सींगों पर पटक दिया और तिरपाल के नीचे से अपना कुल्हाड़ा निकाल लिया।

जब वह अपने झोंपड़े के भीतर घुसा, उसकी आँखों से चिनगारियाँ निकल रही थीं। अपनी स्त्री का गला दबाकर वह ज़ोर से चिल्लाया :

'बता तू, कहाँ गई थी? फ़ौरन सब कुछ बता दे, वरना इस कुल्हाड़े से तेरी बोटी-बोटी अलग कर डालूँगा।'

'कैसी बात करते हो?' उसकी पत्नी ने कहा, 'मैं भला कहाँ जाऊँगी? तुम्हारा सिर तो नहीं फिर गया है?'

'जल्दी बता, कहाँ गई थी, वरना हड्डी-पसली एक कर दूँगा।' वह फिर चिल्लाया, 'और वह लाल रूमाल कहाँ है?'

'कैसा रूमाल? जान पड़ता है, आज ख़ूब चढ़ाकर आए हो क्या? छकड़े में सोकर सपने देखते रहते हो?'

वह बराबर उस पर दहाड़ता रहा—लेकिन वह अपनी बात पर अड़ी रही। वह ज़ोर-ज़ोर से चीख़ रही थी और जैसे-तैसे अपने को उसके घूँसों से बचाने की चेष्टा कर रही थी। उसे देखकर लगता था, जैसे कोई डूबता प्राणी

बाहर निकलने के लिए छटपटा रहा हो। आदमी ने उसकी चोटी पकड़ ली और बार-बार उसे चिमनी के कोने पर पटकने लगा—किन्तु फिर भी वह उससे कुछ भी क़बूल न करवा सका।

'मुझे मार डालो। मेरी बोटी-बोटी काट डालो—मैं बेक़सूर हूँ।' आख़िर मेरे दोस्त के हाथ थक गए। उसने देखा, वह रो रही थी। सहसा उसका हृदय गहरी कटुता से भर उठा।

'ईलिन्का' हम भी कितने गए-बीते लोग हैं! अभी हमारी शादी हुए सिर्फ़ चार ही साल तो गुज़रे हैं। जब हमारा विवाह हुआ था, बाग़ में खूबानियाँ पक रही थीं—याद है? लेकिन अब सारी कलियाँ झर गई हैं और मेरा दिल बर्फ़ की तरह सर्द हो गया है। मैंने हमेशा तुम्हें एक वफ़ादार स्त्री के रूप में प्यार किया था। लेकिन आज मुझे पता चल गया है कि तुम हमेशा मेरी आँखों में धूल झोंकती रही हो!'

उसकी स्त्री ने अपनी माँ की क़ब्र पर अपनी आँखों की सौगंध खाकर उसे विश्वास दिलाया कि वह बिलकुल निर्दोष है। उसने अपने मुँह से बहता हुआ ख़ून पोंछ डाला और अपने पति को चूमने लगी। जब उसने देखा कि वह तनिक शान्त हो गया तो उसने उसे दुबारा अपनी गाड़ी और बैलों के पास भेज दिया। उसके घर से बाहर निकलने की देर थी कि उसने झटपट सिर पर लाल रूमाल बाँधा और बाग़ से होती हुई पीछे के दरवाज़े से बाहर निकल आई और ज़मींदार की हवेली की ओर जाने वाली सड़क पर तेज़ी से भागने लगी।

इस दौरान मेरा दोस्त गाड़ी लेकर हवेली के खलिहान में चला आया ताकि अनाज के गट्ठरों को गाड़ी से उतारकर गोदाम में रख सके। फिर वह ज़मींदार के मुनीम के पास हाज़िरी लगवाने दालान में चला आया। किन्तु उसने देखा, मुनीम की जगह ख़ुद ज़मींदार बाहर बरामदे में चले आए थे। उनके होंठों पर वक्र मुस्कान सिमट आई थी और इशारे से उसे अपने पास बुला रहे थे।

'अरे ओ आदमी, ज़रा इधर तो आना!'

‘कहिए, हुज़ूर—क्या हुकुम है?’

‘क्यों बे बदमाश!’ ज़मींदार बोला, ‘तू अपनी बीवी को मारता-पीटता क्यों है?’

पहले क्षण मेरा मित्र कुछ भी न समझ सका।

‘हुज़ूर—उसके ख़िलाफ़ मेरे मन में कुछ भी नहीं है। लेकिन आपको यह सब कैसे पता चला—और मियाँ-बीवी के झगड़े से भला आपको क्या लेना-देना?’

अभी ये शब्द उसके मुँह से निकल भी न पाए थे कि रादूकन क्योरू ने उसके मुँह पर एक ज़बरदस्त घूँसा मारा। मेरे दोस्त की आँखें मुँद गईं—वह अब भी कुछ न समझ पाया था। जब उसने दुबारा आँखें खोलीं तो उसकी निगाहें खिड़की पर जा पड़ीं। उसकी पत्नी ईलिन्का सिर पर लाल रूमाल बाँधे वहाँ खड़ी थी। क्षण में ही सारा क़िस्सा उसकी समझ में आ गया। निरीह जानवर की तरह बेबस होकर वह दहाड़ मारकर फूट पड़ा। उसका वश चलता तो कुएँ में कूदकर अपना ख़ात्मा कर देता। किन्तु कुछ भी करने के लिए उसके पास समय कहाँ था! पलक मारते ही ज़मींदार ने दरवाज़े के पीछे से घोड़ा हाँकने वाला चाबुक बाहर निकाल लिया और फिर तड़ातड़ उसकी गर्दन और आँखों पर कोड़े बरसने लगे। चाबुक की मार से उसकी खाल जलने लगी। वह बराबर अपने को बचाने की कोशिश कर रहा था। उसकी साँस घुटने लगी और मुँह से लहू की धार बहने लगी। वह पीछे मुड़ा और डगमगाते क़दमों से सीढ़ियाँ उतरने लगा, किन्तु छुटकारा नीचे भी नहीं था। ज़मींदार के नौकर घात लगाए उसकी प्रतीक्षा कर रहे थे।

हवा में घूँसे मारता हुआ वह किसी तरह उनसे अलग हुआ और चीख़ता-चिल्लाता दुबारा ज़मींदार के पास आया। रादूकन क्योरू ने उस पर फिर कोड़े बरसाने शुरू कर दिये। उसकी स्वस्थ आँख भयावह ढंग से बार-बार झपक रही थी और वह ठहाके मारता हुआ हँस रहा था।

‘लड़को, ख़बरदार! यह भागने न पाए!’ वह चिल्लाया, ‘आदमी का सिर फिर गया है। इसने तो अभी-अभी अपनी औरत को ही मार डाला था।’

नौकर-चाकर उस पर टूट पड़े और जब तक मार-मारकर उसका कचूमर नहीं निकाल दिया, तब तक उसे नहीं छोड़ा।

पूरे तीन दिन तक वह अपने ज़ख़्म लिये पड़ा रहा। जिस सन्दूक़ पर वह लेटा था, उसी का काठ चबाता रहा। और करता भी क्या? आख़िर एक शाम मेरा दोस्त ज़मींदार के आँगन का बेड़ा फाँदकर बाहर भाग खड़ा हुआ—अपनी औरत का पता चलाने के लिए। नौकरों के क्वार्टरों के पीछे छिपकर वह उसकी प्रतीक्षा करता रहा। अचानक वह दिखाई पड़ी। बस, फिर क्या था! शेर की तरह दहाड़ता हुआ वह उस पर टूट पड़ा और अपने नाखूनों से उसका गला चीरने लगा। उसकी चीख़ें सुनकर ज़मींदार हाथ में एक चौड़ी तलवार लिये घर से बाहर निकल आया।

ज़मींदार आख़िर ज़मींदार ठहरा! मेरे दोस्त की ऐसी जुर्रत देखकर उसका ख़ून खौल उठा। उसने झट अस्तबल के रखवालों को आज्ञा दी कि वे अच्छी तरह उसकी मरम्मत करें। हुक्म की देर थी कि उन्होंने उसकी बाँहें उसकी पीठ से बाँध दीं और मुँह में कपड़ा ठूँस दिया ताकि वह चिल्लाने न पाए। और उस रात उन्होंने उसका सिर एक टट्टर में घुसेड़कर उसकी गर्दन दोनों तरफ़ खपच्चियों से बाँध दी। फिर चारों तरफ़ से उस पर कुत्ते छोड़ दिये। रात-भर वह इसी अवस्था में तड़पता रहा। सुबह होने तक कड़ाके की सर्दी पड़ने लगी थी—बिलकुल एपिफ़ानी-दिवस की तरह। मुझे आज भी आश्चर्य होता है कि वह उस रात जीवित कैसे रह सका?

सूर्योदय होने पर ज़मींदार उसके पास आया और उसने देखा कि उसकी आँखों में अब भी शरारत झलक रही थी। उसने नौकरों को आज्ञा दी कि वे उसे टट्टर से बाहर निकाल लें और कोड़े लगाते हुए उसे घाटी से पानी की चक्की तक घसीटते ले जाएँ।

वहाँ पहुँचने पर नौकरों ने उसकी पतलून के पायँचे घुटनों तक चढ़ा दिये, जूते उतार दिये और बर्फ़ पर नंगे पाँव छोड़ दिया। उन्हें अब पूरा विश्वास था कि भविष्य में वह कभी ज़मींदार के सामने सिर उठाने का दुस्साहस न कर सकेगा।

बाद में भी मेरे दोस्त को अनेक यातनाएँ भुगतनी पड़ीं। बड़े ज़मींदारों की जागीरों में उन दिनों कुछ ऐसे ही क़ायदे-क़ानून थे। उन्होंने उसकी देह को गरमाने के लिए उसे एक बार झोंपड़ी में जलती आग के पास फेंक दिया। उसके पैरों में तीन पाउंड वज़न की बेड़ियाँ पहना दी गईं ताकि वह कहीं भागने न पाए। झोंपड़ी धुएँ से भर गई थी—ऊपर से वे सुलगती लकड़ियों पर पिसी हुई मिर्चें छिड़कने लगे। वह बार-बार खाँसता हुआ ख़ून उगलता जा रहा था—सब कुछ सहने के अलावा कोई दूसरा चारा भी तो न था। ईश्वर की कुछ ऐसी मर्ज़ी थी कि मौत उसे न छू सकी। लगता था, जैसे मृत्यु को छोड़कर उसे इसी लोक में समस्त नारकीय यातनाएँ भुगतनी पड़ेंगी।

मेरे प्यारे दोस्तो! यह घटनाएँ तीस साल पहले हुई थीं। मेरे उस दोस्त ने कभी अपना सिर नहीं झुकाया—हालाँकि शायद यही उसके लिए ज़्यादा हितकर होता। कुछ काल के लिए उसका मन और शरीर दोनों ही क्लान्त और विक्षुब्ध-से हो गए थे। दिन-रात वह अपने ही ग़म में घुला जाता था। जब वह कुछ चलने-फिरने लायक़ हुआ, तो एक गाँव से दूसरे गाँव में भटकने लगा। मोल्दावा और विस्त्रीता नदियों को पार करता हुआ वह राराऊ पर्वतों की ओर चल पड़ा।

पहाड़ी चोटियों पर चीड़ के वृक्षों-तले लेटा हुआ वह पागलों की तरह शून्य में ताकता रहता और बीती हुई दुर्घटनाओं के बारे में सोचता रहता। ख़ून और आग की लपटों के अलावा उसे कुछ भी दिखाई नहीं देता था। लगता था, मानो किसी ने लोहे के पंजों से उसका हृदय चिथड़े-चिथड़े कर दिया है। किसी चीज़ में उसका मन नहीं लगता था और वह कराहता हुआ निरन्तर करवटें बदलता रहता था। अनेक वर्षों तक वह गड़ेरियों की चाकरी करता रहा। धीरे-धीरे वह उस निर्जन, वीरान प्रदेश से अभ्यस्त हो गया और कुछ अर्से बाद वह स्वयं भेड़-बकरियों की रेवड़ का मालिक बन गया।

तब वसन्त की एक शाम को उसे अचानक जंगल में गूँजता हुआ महान् वेसिली का स्वर सुनाई दिया। वह वही गीत गा रहा था जो मैंने अभी आपको सुनाया है।

जब वह झोंपड़े के सामने आया, तो मेरे मित्र को यह समझते देर न लगी कि वह कोई डाकू है जो वीरान जंगलों में भटकता हुआ यहाँ आ पहुँचा है।

वह गर्व से सीना ताने उसके सामने खड़ा था और भौंहों के नीचे छिपी उसकी आँखें उस पर टिकी थीं। मेरे मित्र को उसका गीत बहुत अच्छा लगा था और उसने उल्लसित भाव से उसका अभिनन्दन किया। जब उसे पता चला कि उसका नाम वेसिली है तब तो उसकी ख़ुशी का ठिकाना न रहा। उस पहाड़ी इलाक़े में उसका नाम हर आदमी की ज़ुबान पर था। नीचे शहरी इलाक़ों में लोग उसका नाम सुनते ही थर-थर काँपने लगते थे। उन दिनों वेसिली यातायात की बड़ी सड़कों और नदियों के पाटों में यात्रियों की घात में छिपा रहा करता था और उनसे कर वसूल किया करता था।

'वेसिली भाई, भीतर चले आओ—अँगीठी के पास।' मेरे मित्र ने उसे भीतर आने के लिए आमंत्रित किया, 'मैंने आपका नाम सुन रखा है और आपका स्वागत करते हुए मुझे बड़ी प्रसन्नता हो रही है। ईश्वर की दया से यहाँ जो भी चीज़ है, अपनी ही समझिए। मैं अभी आपके घोड़े के लिए चारे का बन्दोबस्त कर देता हूँ। आपके लिए मेरे पास कालीन भी है—आप मज़े से उस पर लेटकर रात भर विश्राम कर सकते हैं।'

डाकू वेसिली बड़ी दिलचस्पी से उसकी बातें सुनता रहा। झोंपड़े के सामने आकर वह घोड़े से नीचे उतरा। कुछ ही देर में वे मित्र बन गए।

वेसिली उसे देर तक अपने साहसिक कारनामे सुनाता रहा। मेरे मित्र ने भी उसे अपनी पत्नी तथा ज़मींदार से सम्बन्धित घटनाएँ विस्तार से सुनाईं।

मेरे मित्र की कथा सुनते ही वेसिली का चेहरा ग़ुस्से से तमतमा गया। अपने सिर से टोपी उतारकर ज़मीन पर पटकते हुए वह क्रोध से चिल्ला उठा :

'अभी जो कुछ तुमने कहा है, उसके बाद मुझे अपना दोस्त क्यों कहते हो? तुम निरे डरपोक हो—भले आदमी, तुमने अपनी माँ का दूध पिया है या किसी गीदड़ी का!'

'लेकिन भाई वेसिली, मैं भला कर भी क्या सकता था?' उस बेचारे ने निरीह भाव से पूछा।

'लड़के, तुझे क्या करना चाहिए था, यह मैं तुझे सिखाऊँगा।' उसने इतना ही कहा और चुप हो गया। फिर वहीं झोंपड़े में ब्रांडी की बोतल के सामने आग सेंकते हुए उसने मेरे मित्र को चन्द आवश्यक गुर सिखाने शुरू कर दिये।

'तुम्हें यह अच्छी तरह समझ लेना चाहिए,' डाकू ने कहा, 'कि इस दुनिया में तुम्हें कहीं भी कोई वफ़ादार औरत नहीं मिल सकती। मैंने जब से डकैती का यह पेशा अपनाया है, तब से मैं इन औरतों की नस-नस पहचानने लगा हूँ। मेरी पत्नी भी तुम्हारी बीवी से ज़्यादा भिन्न न थी। उसी की बदौलत मेरी बाईं टाँग सिपाहियों की गोलियों से घायल हो गई थी जिसके कारण आज भी मुझे लँगड़ाकर चलना पड़ता है। ईश्वर ने औरतों को बनाया ही ऐसा है—पानी की तरह चंचल और कपटी और फूलों की तरह क्षण-भंगुर। इसलिए जहाँ मैं उनकी भर्त्सना करता हूँ, वहाँ उनको क्षमा भी कर देता हूँ। किन्तु उन लोगों से बदला लेने में मैं कभी नहीं चूकता जिन्होंने मुझे दबाया और सताया है। तुम्हें भी यही करना चाहिए वरना एक दिन तुम्हारे भीतर का ज़हर तुम्हारा दम घोंट देगा।'

'हाँ, ज़हर तो मेरे भीतर बहुत है।' मेरे मित्र ने कहा, 'भाई वेसिली, अब मैं तुम्हारा हूँ। कृपा करके मुझे कोई ऐसी तरकीब बताओ, जिससे इस ज़हर से छुटकारा पा सकूँ।'"

कहानी सुनाते-सुनाते वह गड़ेरिया बहुत उत्तेजित हो गया था। अग्नि के रक्तिम आलोक में वह कभी अपना सिर हिलाता था, कभी हाथ से हवा में इशारे करता था। उसके स्वर का नपा-सधा सन्तुलन ग़ायब हो चुका था। वह मानो अपने को ही सम्बोधित करता हुआ ज़ोर-ज़ोर से चिल्ला रहा था। हमारे चौधरी साहब योनिता अब अन्य लोगों की तरह बड़े ध्यान से उसकी बातें सुन रहे थे। उनके चेहरे की झुंझलाहट अब ग़ायब हो चुकी थी।

"और जैसा मैं आपको अभी-अभी बता रहा था," कोन्स्तान्तिन मोतोक ने कहा, "महान् वेसिली ने मेरे मित्र को सब ज़रूरी बातें अच्छी तरह से सिखा-पढ़ा दीं।

‘एक सप्ताह के लिए अपनी भेड़ें अपने साथियों के पास छोड़ दो,’ उसने मेरे मित्र को सलाह दी, ‘पनीर बनाने का काम और अपने कुत्तों की हिफ़ाज़त का दायित्व भी उन पर सौंप दो। रास्ते के लिए हमें सिर्फ़ एक घोड़ा और पनीर के दो थैले चाहिए। हम घोड़ों पर सवार होकर दो भद्र कुलीन व्यापारियों की तरह नीचे मैदान में जाएँगे। पहले विस्त्रोता नदी पार करेंगे और फिर सिरेत नदी के तट पर उस गाँव में जाएँगे जिसके बारे में तुमने अभी सब कुछ मुझे बताया था। मैं ख़ुद अपनी आँखों से वह गाँव देखना चाहता हूँ।’

जब डाकू उससे वह कह रहा था, मेरे मित्र का हृदय शोक और आशा से काँप रहा था।

उसने अपनी समूची जायजाद मित्रों के हवाले कर दी—अपने चरागाह और चीड़ के वृक्ष, ठंडे पानी के झरने और घाटियाँ पीछे छोड़कर वह घोड़े पर सवार हो गया और डाकू के साथ नीचे मैदान में बस्ती की ओर रवाना हो गया।

उन्हें कोई नहीं जानता था। दो भद्र व्यापारियों के वेश में उन्होंने सिरेत नदी के पास फियरबिन्ती गाँव में प्रवेश किया। रास्ते में वे मीठा पनीर और बासी रोटी खा लेते थे और कुएँ से पानी खींचकर अपनी प्यास बुझा लेते थे। बृहस्पतिवार के दिन सुबह के समय वे उस सड़क पर चले आए जो गिरजे की ओर जाती थी। पर्व मनाने के लिए एक विराट् भोज का आयोजन किया गया था। उसी समय प्रार्थना के बाद लोगों का झुंड गिरजे से बाहर निकल रहा था।

उस भीड़ में मेरे मित्र ने झट रादूकन क्योरू का चेहरा पहचान लिया। उसे लगा, जैसे उसके भीतर एक बनैला पशु अचानक भड़क उठा हो। जैसे-तैसे अपने क्रोध को वश में करते हुए वह बोला, ‘भाई वेसिली, देख लो, यह हैं मेरे मालिक, जिन्होंने मुझ पर यह मेहरबानी की है।’

‘यह बात है!’ डाकू बोला, ‘तुमने अच्छा किया, जो मुझे बता दिया।’

रकाब पर खड़ा होकर वह ऊँचे स्वर में ज़ोर से चिल्लाया :

'सज्जनो—ज़रा ठहरिए!'

लोग ठहर गए।

'ईसाई भाइयो!' वेसिली की दहाड़ हवा में गूँज उठी, 'आप अपनी जगह से न हिलें और ख़ामोश होकर मेरी बात सुनें। मुझे आपसे कोई विरोध नहीं; लेकिन याद रखिए—इस समय आपके सामने महान् डाकू वेसिली खड़ा है। आशा है, आप पहले से ही मेरे नाम और कारनामों से परिचित हैं। हमारे पास पिस्तौलें हैं और पास ही हमारे साथी हमारी मदद के लिए तैयार खड़े हैं। हम किसी से नहीं डरते!'

लोगों में हलचल मच गई और वे आदर भाव से पीछे हट गए। सिर्फ़ ज़मींदार की दाढ़ी उनके कोट के कालरों पर उठी रही। उसने मेरे मित्र को पहचान लिया था और उसकी आँखों में आतंक की चमक थी।

'हम पुरानी परम्परा के अनुसार न्याय पाने के लिए यहाँ आए हैं।' डाकू बोलता गया, 'यह ठीक है कि दुनिया के अन्तिम दिन ईश्वर का न्याय हर व्यक्ति को मिलेगा—लेकिन तब तक न तो हम गाँव के चौधरी से किसी प्रकार के इंसाफ़ की आशा कर सकते हैं, न न्यायालयों से। उसके अभाव में हमें स्वयं अपने हाथ में क़ानून लेना पड़ेगा। आदरणीय ज़मींदार साहब! औरत भगा ले जाने का जो अपराध आपने किया है, उसे हम क्षमा कर सकते हैं। लेकिन हम टट्टर में सिर डालकर रात भर सर्दी में ठिठुरते रहे हैं—उसका क्या जवाब है? चक्की की बर्फ़ में हमारी एड़ियाँ गलती रही हैं। पैरों में बेड़ियाँ डालकर हमें धुएँ से भरी झोंपड़ी में धकेल दिया गया—खाँसते-खाँसते हमारा कलेजा मुँह को आ गया—इन सब जुल्मों का आपके पास क्या उत्तर है? आपने घोड़े के चाबुक से पीट-पीटकर हमारा शरीर लहूलुहान कर दिया, हमारे नाख़ून उखाड़ दिये। आपने हमारी सारी ज़िन्दगी में विष घोल दिया है—क्योंकि दिन-रात हम आपके अत्याचारों को याद करते हुए घुलते रहे हैं—न हमें कोई धीरज देने वाला है, और न हम न्याय की आशा कर सकते हैं। ज़मींदार साहब, आज हम अपना हिसाब करने आए हैं!'

राद़ूकन क्योरू सब कुछ समझ गया था। वह फटी-फटी आँखों से उनकी ओर देख रहा था। फिर वह ग्रामवासियों और अपने आदमियों की ओर उन्मुख होकर सहायता के लिए चिल्लाने लगा। आख़िर वह वहाँ से भाग निकलने का रास्ता ढूँढ़ने लगा। लेकिन डाकू और मेरे मित्र ने अपने घोड़ों से उसके सब रास्ते रोक लिये और उसे ज़मीन पर गिरा दिया। फिर वे घोड़ों से नीचे उतरे और उसके शरीर में अपने चाक़ू भोंक दिये। मेरा मित्र उसके ऊपर खड़ा रहा जब तक धूल में ख़ून के चहबच्चे न बन गए। ज़मींदार की देह मिट्टी में लोट-पोट हो रही थी और वह धीरे-धीरे कराह रहा था। आख़िर उसका अन्तिम क्षण आ पहुँचा...कराहना बन्द हो गया और मेरे मित्र ने पाँव से ठोकर मारकर उसकी मृत देह सीधी कर दी। उसकी आँखें आकाश की ओर उठ गई थीं। आसपास खड़े लोगों के मुँह से एक शब्द भी न निकल सका—आतंकित दृष्टि से वे चुपचाप 'अन्तिम निर्णय' का यह भयंकर दृश्य देखते रहे।

बस, इतना ही हुआ। वहाँ से जाने के पहले वे ज़मींदार की लाश के प्रास अपना बटुआ—जिसमें आठ स्वर्ण मुद्राएँ थीं, छोड़ गए। गिरजे की धर्म-संस्था के लिए उनके पास इतना ही था। मौसम बहुत सुहावना था—चारों ओर वसन्त की खुली-निखरी धूप फैली थी। वे अपने-अपने घोड़ों पर पुन: सवार होकर उन छोटी-छोटी पगडंडियों पर चल पड़े जो जंगलों से गुज़रती हुई ऊँचे पर्वतों की ओर जाती थीं।"

अपनी कहानी कह चुकने के बाद गड़ेरिए ने अग्नि की ओर देखते हुए गहरी लम्बी साँस ली। लगता था, मानो वह हृदय में जमी अपनी कटुता को एक गहरे उच्छ्वास में व्यक्त कर देना चाहता हो। हमें चुप बैठा देखकर उसकी आँखें अवसाद से भर उठीं। और एक सूखी-सी मुस्कराहट उसके होंठों पर सिमट आई। फिर उसने अपने इर्द-गिर्द भेड़ की खाल लपेट ली और हमें लगा, जैसे वह पुन: अपनी व्यथा में डूब गया है—एक ऐसी व्यथा में, जो पहाड़ी धुंध की मानिन्द उल्लास और आलोक से शून्य थी।

पानी-महाराज ज़ाहारिया की कथा

अभी अन्धे भिखारी ने अपनी कथा समाप्त भी न की थी कि माँ सालोमिया खीझकर अपनी अँगुलियाँ चटखाने और होंठ चबाने लगी। जब अन्कुता ने भिखारी का हाथ चूमकर उसके आगे गोश्त परोस दिया, तब वह अपने को रोक न सकी और अपने पास बैठे लोगों को सम्बोधित करती हुई बुदबुदाने लगी :

"देखा आपने," उसने कहा, "कुछ ऐसे ही निकम्मे-निठल्ले लोग हैं, जो सारी ज़िन्दगी मौज उड़ाते रहते हैं। बिना हाथ का सहारा लिये दो क़दम भी नहीं चल सकते, लेकिन जहाँ जाते हैं, झूठी मनगढ़न्त कहानियाँ सुनाकर लोगों को आश्चर्य में डाल देते हैं।"

"माँ सालोमिया, झूठी कहानियाँ कैसी?" मैंने पूछा, "उसने तो अपनी ज़िन्दगी के निजी अनुभव हमें सुनाए हैं और जहाँ तक दुका बादशाह की कहानी का सवाल है, वह तो हम पहले से ही जानते थे।"

"ऊँहूँ—मैं सब जानती हूँ। आख़िर मेरे बाल धूप में नहीं पके। मैंने बहुत कुछ देखा-सुना है। अपनी ज़िन्दगी के अनुभव! देखा नहीं आपने, बीच-बीच में वह कैसे अपनी कहानी तोड़-मरोड़ देता था ताकि लोगों का

ध्यान उसकी तरफ़ लगा रहे? भला ऐसे निकम्मे आदमियों की इस दुनिया में क्या ज़रूरत है? कुछ भी तो नहीं। उनकी बातें सुनते हुए—ख़ास कर उसकी शक्ल देखकर—मेरा तो पारा चढ़ जाता है!"

"माँ सालोमिया, मैं हाथ जोड़कर कहता हूँ, आप नाहक ख़फ़ा न हों। आपको तो मालूम ही है, यह दुनिया कैसी है। जब आप सुन्दर और जवान थीं और बक़ौल चाचा कोन्स्तान्तिन के, गले में मोतियों का हार पहनती थीं—उन दिनों क्या लोग मुस्कराते हुए आपकी ख़ुशामद नहीं करते थे? उनकी आँखें आपके सिवा दूसरी स्त्रियों पर क्यों नहीं ठहरती थीं? ज़ाहिर है, उनमें से कोई इतनी सुन्दर न थी जो आपका मुक़ाबला कर सके। यही बात यहाँ है। आप तो जानती ही हैं कि यहाँ लोग क्यों इकट्ठे होते हैं। हममें से सबको कहानी-क़िस्से सुनने का चस्का है और जो सबसे अधिक दिलचस्प ढंग से कहानी सुनाता है, उसकी सबसे ज़्यादा प्रशंसा होती है। यह बूढ़ा अन्धा दयनीय है, फिर भी ईश्वर से इसे बोलने-गाने का वरदान मिला है। अगर आप एक फूल को उसकी सुगंध और सुन्दरता के कारण प्यार करती हैं—तो क्या आप दूसरे फूल से जिसमें वह सुगंध और सुन्दरता नहीं है—घृणा करने लगेंगी? यह उस बेचारे फूल का दोष थोड़े ही है!"

"उसका इलाज यही है," माँ सालोमिया ने तीखे स्वर में कहा।

"शायद आप सच कहती हैं, माँ सालोमिया! लेकिन हम यहाँ डॉक्टरी-चिकित्सा करने जमा नहीं हुए हैं। आपके यहाँ आने से पहले अन्धे भिखारी की तरह बहुत-से लोगों ने अनेक रोमांचकारी कथाएँ हमें सुनाई हैं, जिन्हें मैं जीवन-भर न भूल सकूँगा। लेकिन इस समय तो हम चौधरी योनिता की कहानी सुनने के लिए बेताब हैं—ऐसी कहानी, जो न पहले कभी किसी ने सुनी है और न कोई भविष्य में सुन सकेगा।"

"कौन योनिता? वह पतला-दुबला किसान?"

"आपने बिलकुल ठीक फ़रमाया—माँ सालोमिया!"

"मुझे लगता है—मैंने इन्हें पहले कहीं देखा है—और शायद इन्हें कहीं बोलते भी सुना है। ऐसे लोग यहाँ सचमुच कम ही दिखाई देते हैं।

मैं यहाँ कुछ दूसरे लोगों को भी पहचानती हूँ—शायद पहले भी मैंने इन्हें इस सराय में देखा है। मुझे इसमें कोई शक़ नहीं कि ये सब महानुभाव दिलचस्प कहानियाँ सुनाने में माहिर हैं। लेकिन यह अन्धा भिखारी? भला इसे आप क्यों इतना सिर पर चढ़ा रहे हैं? मैं जो इसे यहाँ लाई, जिसने इसका आप सब लोगों से परिचय करवाया—मुझे तो किसी ने पूछा तक नहीं और यह हज़रत आपके आदर-पात्र बन गए।

"ख़ैर...अब मैं अपने बारे में ज़्यादा कुछ नहीं कहूँगी।" माँ सालोमिया तीखी दृष्टि से मुझे देखती, कहती रहीं, "अब हमें उन सज्जन की बात ध्यान से सुननी चाहिए, जिन्होंने इस दुनिया को अच्छी तरह देखा-परखा है। पहले वे अपनी कहानी सुना लें, फिर हम इस अन्धे की कहानियों पर सोच-विचार करें या फिर चौधरी योनिता ही अपनी कहानी सुनाएँ। वह शायद बेहतर और हमारे लिए ज़्यादा सही होगा।"

"माँ सालोमिया," मैंने पूछा, "आप किस आदमी का और कौन-सी कहानी का ज़िक्र कर रही हैं?"

"ज़रा कोशिश करो तो देख सकोगे। वही सज्जन, जो संन्यासी और गड़ेरिए के बीच बैठे हैं।"

"लेकिन वे तो चचा ज़ाहारिया हैं—पानी-महाराज। जब से मैं यहाँ आया हूँ, मैंने एक बार भी इन्हें बोलते नहीं सुना। माँ सालोमिया, आपको अन्धे लोग एक आँख नहीं सुहाते, लेकिन जान पड़ता है, गूँगों के प्रति आपके मन में सहज श्रद्धा है।"

"ऊँहूँ—घबराओ नहीं, वे गूँगे नहीं हैं। वे पीने में ही इतने मस्त रहते हैं कि इन्हें बोलने का मौक़ा नहीं मिल पाता। ज़रा इनसे पूछिए तो सही—क्या-क्या देखा है इन्होंने! फिर आपको पता चलेगा।"

"क्या देखा है इन्होंने, माँ सालोमिया?"

"हाँ—क्या कह रहे थे?" बात का सन्दर्भ जाने बिना ही किसान बीच में बोल उठा, "क्या हुआ—कौन-से आदमी को?"

"जनाब, वह आदमी," मैंने कहा, "पानी-महाराज ज़ाहारिया। माँ सालोमिया मुझे बता रही थीं कि उन्होंने अपनी ज़िन्दगी में बहुत-सी चीज़ें देखी हैं।"

"अच्छा! कहाँ?"

"चौधरी योनिता साहब, उन्हीं के मुँह से सब बातें सुनिए," माँ सालोमिया का स्वर सहसा कोमल हो उठा, "नदी के पार जंगल में जो इन्हें रोमांचकारी अनुभव हुआ था, उसी के बारे में पूछिए। हाँ, भाई ज़ाहारिया!" उसने ऊँचे स्वर में ज़ाहारिया को पुकारा।

पानी-महाराज ने बिखरे-उलझे बालों वाला सिर और रूखी दाढ़ी उठाकर हमारी ओर देखा।

ओह, उसकी दहाड़ती आवाज़ को सुनकर लगा, मानो वह कुएँ से चिल्ला रहा हो!

"ज़ाहारिया भाई, जवानी के दिनों में नदी के पास जंगलों में आपको जो अनुभव हुए थे, यह भद्र-मंडली उनके सम्बन्ध में आपसे कुछ सुनना चाहती है।"

"आह, पास्त्रावेनी में?"

"हाँ, भाई ज़ाहारिया..."

"वही—उस वादी में जो कुछ हुआ था।"

"अब वह वादी कहाँ रही—सारा जंगल साफ़ किया जा चुका है। उन दिनों वह सेक्सन बिशप वादी के नाम से प्रसिद्ध थी।"

"सुनते हो?" माँ सालोमिया ने मुस्कराते हुए कहा।

चौधरी ने जो मदिरा-पात्र उसके सामने रखा था, उसने उसे अलग हटा दिया।

"चौधरी साहब, शराब के लिए आपको धन्यवाद। नासूर के कारण मैं शराब की एक बूँद भी ज़ुबान पर नहीं रख पाती। मैं सिर्फ़ ब्रांडी पिऊँगी। चौधरी साहब के सम्मान में अगर एक पुआ खा सकूँ, तो मेरा सौभाग्य होगा...हाँ, ज़रा मुलायम हो...मेरे दाँत अब नहीं रहे। जवानी के दिनों की तरह अब सब कुछ थोड़े ही खा-पी सकती हूँ! क्या ख़ूब हैं ये! बिलकुल वैसे ही, जैसे मैं बनाती हूँ।

अच्छा, ज़रा-सी शराब भी चखे लेती हूँ सिर्फ़ होंठों को तर करने के लिए। शराब अगर पुरानी न हो, तो ज़्यादा नुक़सान नहीं करती। अच्छा, ज़ाहारिया भाई, अब आप सेक्सन बिशप की वादी वाली घटना सुनाइए।"

"कैसी घटना?" ज़ाहारिया ने शान्त भाव से पूछा।

"अरे वह—जब पास्त्रावेनी के ज़मींदार ने आपको अपनी जागीर में बुलाया था और उस वादी में आपको पानी ढूँढ़ने की आज्ञा दी थी।"

"हाँ, ऐसा हुआ तो था," ज़ाहारिया ने उनका समर्थन किया। "उसने मुझे अपने पास बुलाकर कहा, 'सेक्सन बिशप की वादी में हमें एक कुआँ खुदवाना है—उसके लिए पानी का पता चलाना होगा। शिशिर ऋतु में बादशाह यहाँ शिकार खेलने आएँगे—उनके लिए पानी का इन्तज़ाम ज़रूरी है।' "

पानी-महाराज ज़ाहारिया चुप हो गए।

"फिर?" चौधरी चिल्लाए।

"फिर क्या!"

"क्या मतलब, बस?" माँ सालोमिया ने उसकी ओर सिर हिलाते हुए कहा, "ज़रा होश में आइए जनाब—और सारी बात सुनाइए। कैसे आप ज़मींदार के साथ वादी में गए, कैसे आप अपने पाँव से ज़मीन खटखटाते थे—कभी यहाँ, कभी वहाँ ताकि पानी की टोह लगा सकें। आख़िर में कैसे आपने अपनी पेटी से वह छड़ी निकाली—जी हाँ, वह छड़ी, जो कभी ग़लती नहीं करती—और ज़मीन पर उसे रखकर देर तक उसकी तरफ़ देखते रहे..."

"हाँ—मैं उसे देखता रहा था, उस छड़ी को," ज़ाहारिया ने कहा, "और ज़मींदार साहब चौधरी दिमाके मिर्ज़ा ने भी उसे देखा था—हालाँकि कुछ समझ नहीं पाए। इसी छड़ी के सहारे मैंने सेक्सन बिशप की वादी में पानी का पता चलाया था।"

चाचा ज़ाहारिया ने अपनी पेटी की बाईं तरफ़ से पालिश की हुई दो एक-सी दिखने वाली गोल छड़ियाँ निकालीं। छड़ियों के इर्द-गिर्द बँधे एक अदृश्य धागे को वे खोलने लगे। चाँदी के तारों की एक गेंद अग्नि के प्रकाश में चमकने लगी।

"यह छड़ी झरबेरी की लकड़ी से बनाई गई है। हा-हा-हा—पता नहीं, इसे कब बनाया गया और किसने इसे बनाया। मुझे यह छड़ी अपने पुरखों से विरासत में मिली थी। वे ख़ुद भी जल-अन्वेषक थे और इस छड़ी की मदद से कुओं और स्रोतों का पता चलाया करते थे। उसी तरह जैसे मैंने चौधरी दिमाके मिर्ज़ा की उपस्थिति में उस वादी में पानी का पता चलाया था।"

"अच्छा, फिर क्या हुआ?"

"अरे, ज़रा इन्हें यह तो बताइए," माँ सालोमिया ने भौंह सिकोड़कर कहा, "कैसे आपने अपनी चमड़े की चप्पलों से धरती को खटखटाया था।"

" 'हाँ जनाब, पानी यहाँ है।'

" 'इस जगह?'

हाँ, चौधरी दिमाके साहब—बिलकुल इसी जगह। खुरपियों और कुल्हाड़ों के संग नौकरों को यहाँ भेज दीजिए। बीस छकड़े वालों को भी कह दीजिए कि वे मेरे पास पत्थरों के ढेर लगाते जाएँ।' "

" 'उन सब मज़दूरों को मेरे पास भिजवा दीजिए जिनकी मुझे ज़रूरत पड़ेगी—और देखिए—सराय के मालिक को कह दीजिए कि उसे मज़दूरों को मुफ़्त शराब देनी होगी। जल्दी ही मैं आपको भी शीशे के गिलास में धरती के आँसू पीने के लिए आमंत्रित करूँगा।' "

"हाँ, ऐसा ही हुआ था," ज़ाहारिया ने समर्थन किया।

"हाँ, और उसके बाद ज़मींदार ने कहा, 'जो भी तुम कहोगे, वही होगा—बस, कुआँ तैयार हो जाना चाहिए।' और वह पानी-महाराज को अपने साथ घर ले गया। मुनीम को बुलाकर अपने कलहंस के पंखों वाला कलम मँगवाया। कलम आ जाने के बाद उसने मुनीम से स्याही, काग़ज़ और अपनी छोटी-सी मेज़ लाने के लिए कहा। फिर ज़ाहारिया ने जो कुछ भी फ़रमाइशें की थीं, उनकी उसने एक लम्बी फ़ेहरिस्त बना ली। उसके बाद उसने अपनी जागीर के लोगों को बुलवा भेजा और हर व्यक्ति के ज़िम्मे कोई-न-कोई काम सौंप दिया। कृषक-दासों को ज़मीन खोदने का काम दिया गया और पत्थर ढोने की ज़िम्मेदारी छकड़ा चलाने वालों को दी गई।

ईंटों को लगाने का काम उन मज़दूरों को सौंपा गया जिन्हें कुआँ बनाने के काम में पानी-महाराज की सहायता करनी थी। सब लोगों ने सिर नीचे झुका लिया और आदर भाव से पीठ मोड़े बिना पीछे की ओर चल दिये ताकि ज़मींदार के आदेशों को जल्द-से-जल्द पूरा कर सकें।"

"हाँ, ऐसा ही हुआ था," ज़ाहारिया ने पुनः समर्थन किया।

"ज़मींदार ने अपनी आदत के अनुसार नाक-भौं सिकोड़ते हुए कहा था, 'चलो भागो,' और वे सचमुच भयभीत होकर वहाँ से भाग खड़े हुए थे।"

"हाँ—क्यों नहीं," माँ सालोमिया ने अपना कथन जारी रखा, "उसके बाद हर काम विधिवत् होने लगा—आवश्यक चीज़ों को नियत स्थानों में पहुँचाया जाने लगा। जिप्सी लोग अपनी कुल्हाड़ियों से ज़मीन खोदने लगे। गाड़ीवान पत्थरों को ढो-ढोकर घास पर जमा करने लगे। भाई ज़ाहारिया एक तरफ़ हरे पत्तों की सेज पर लेटे हुए उन्हें देखते रहते और अपनी सुराही से शराब ढाल-ढालकर पीते रहते।"

"कोलारी शराब से बनी हुई ब्रांडी," पानी-महाराज ने स्पष्टीकरण करते हुए कहा।

"हाँ-वही। और हमारे ज़ाहारिया साहब आराम से कभी झोंपड़ी में, कभी-कभी खलिहान में लेटे रहते। इस दौरान कृषक-दास अपने फावड़ों से पहले काली मिट्टी और बाद में रेत और पत्थर निकाल-निकालकर बाहर फेंकते रहे थे। जब भाई ज़ाहारिया ने कीचड़ ऊपर आती देखी, तब वे तुरन्त अपने पैरों पर खड़े हो गए और गड्ढे के पास आकर बोले, 'जिप्सी भाइयो, अगर तुम्हें प्यास लगी है, तो बस, कुछ ही देर इन्तज़ार करना पड़ेगा—अभी पानी ऊपर निकल आता है।'

"उनका इतना कहना था कि वही हुआ जिसका संकेत पहले-पहल छड़ी ने दिया था।

"हाँ, सज्जनो—पानी बाहर निकल आया, और वे कीचड़ खोद-खोदकर उसे घिरनियों पर झूलते लकड़ी के कनस्तरों में भरते जा रहे थे। मिट्टी खोदते-खोदते कृषक-दास पसीने में लथ-पथ हो गए थे और अपने माथों को

हाथों से पोंछते हुए बार-बार पूछते जा रहे थे, 'ज़ाहारिया साहब, अब कितना खोदना बाक़ी है? कहीं ऐसा न हो कि हमें अपनी क़ब्र ही खोदनी पड़ जाए।' 'जब तक मैं न रोकूँ तब तक खोदते जाओ,' पानी-महाराज ने उत्तर दिया।

"आख़िर एक दिन उन्होंने खड़े होकर घोषणा की, 'बस, इतना काफ़ी है! अब हमें नींव तैयार करनी होगी। धो-पोंछकर जब सब कुछ साफ़ हो जाए, तब हम इसके लिए मज़बूत आधार खड़ा करेंगे और उसके बाद ईंटें लगाई जाएँगी।'

"और उन्होंने वही किया। पानी-महाराज ने राजगीरों के साथ कुएँ में आकर ईंटों की दीवार बनाई। उन दिनों—जब वादी में पत्ते झर रहे थे, ज़मींदार कुएँ के पास आया और शीशे के गिलास में धरती का जल पीकर अपनी तृष्णा शान्त की।"

"हाँ—ऐसा ही हुआ था।" ज़ाहारिया ने तीसरी बार समर्थन किया "चौधरी दिमाके ने कहा था, 'वाह, मेरे दोस्त ज़ाहारिया! कितना बढ़िया पानी है!' और सचमुच पानी बढ़िया था। लेकिन मुझे तो शराब अच्छी लगती है—और वह मुझे माफ़िक भी आती है।"

"फिर क्या हुआ?" चौधरी ने पूछा।

"बस, फिर क्या होना था! मैंने कुआँ तैयार कर दिया और बात ख़त्म हो गई।"

"लेकिन ज़ाहारिया भाई, आपने जो कहा, वह सही नहीं है," माँ सालोमिया ने चटख़ारा लेते हुए उसका विरोध किया, "आप जितना कुछ जानते हैं, और आपने जो कुछ देखा है—उसके बारे में मैंने इन लोगों को बताया है और इसके लिए मैंने अपनी तारीफ़ भी की है। जब कुआँ बनकर तैयार हो गया, बादशाह की सेना के एक घुड़सवार ने वहाँ आकर यह घोषणा की कि बादशाह सलामत शिकार के लिए रवाना हो चुके हैं। दूत के चले जाने के बाद चौधरी दिमाके ने दुबारा अपनी जागीर के लोगों को इकट्ठा किया और उन्हें आज्ञा दी कि वे वादी में छायादार कुंज लगाने की व्यवस्था करें ताकि शिकारी वहाँ आराम से रह सकें। यह भी तय हुआ कि जब राजा साहब घोड़े से उतरेंगे, ज़ाहारिया उनके लिए सुराही से गिलास में पानी ढालेंगे और पास

ही में एक जिप्सी थालों में फल, मेवे और चाँदी का चम्मच लेकर उनकी ख़ातिरदारी के लिए खड़ा रहेगा।

"जब सब तैयारियाँ पूरी हो गईं, बादशाह अपने साथियों-दरबारियों के संग स्त्रावेनो आ पहुँचे।"

"वे थे बादशाह कालीमक," पानी-महाराज ने कहा, "उनकी इतनी लम्बी दाढ़ी थी—और वे उसे अपनी अँगुलियों से सँवारते रहते थे।

"राजा साहब ने बड़े ठाट-बाट से दरबारियों के लम्बे जुलूस के साथ वादी में पदार्पण किया। चौधरी दिमाके मिर्ज़ा अपनी पत्नी और सुन्दर, सुडौल पुत्रों के साथ राजा साहब का स्वागत करने के लिए वहाँ पहले से ही विराजमान थे। उन्होंने झुककर राजा साहब का अभिनन्दन किया और उनके हाथ चूमे। चौधरी साहब की पुत्री लम्बी आह भरती हुई रोने लगी थी।

" 'क्या बात है? बादशाह कालीमक ने पूछा, 'यह बच्ची आहें क्यों भर रही है?'

" 'जनाब यह लड़की बड़ी शर्मीली है,' ज़मींदार ने उत्तर दिया और भौंहें चढ़ाकर रोष-भरी दृष्टि से अपनी लाडली की ओर देख़ने लगा। किन्तु उस लड़की को...।

"आग्लाइता—उसका नाम आग्लाइता था," ज़ाहारिया ने कहा।

"हाँ—दरअसल आग्लाइता को कुछ भी नहीं हुआ था। वह जवान थी और राजबोयेनी के एक निर्धन किन्तु भद्र पुरुष से प्रेम करने लगी थी। इलियेश उर्साकि का दर्जा गाँव के चौधरी से ऊँचा नहीं था। लड़का के पिता ज़मींदार साहब उसे देखते ही आगबबूला हो गए और उसे डराने-धमकाने लगे, 'बदमाश, तूने मेरी लड़की का सिर फेर दिया है। दूर हो जा मेरे सामने से!' लड़की बेचारी एकदम निराश हो चुकी थी और इसीलिए धीरे-धीरे रो रही थी। ज़मींदार ने उसे कन्धे से पकड़ लिया—मानो वह कोई पापिनी-कुलटा हो—और उसे धकेलता हुआ मकान के पिछवाड़े वाले कमरे में ले गया ताकि वह किसी प्रकार रंग में भंग न कर पाए। वह नहीं चाहता था कि बादशाह साहब को उनके घर की बदनामी का पता चले।

"तत्पश्चात् वह अपने चेहरे पर ख़ुशी और उल्लास का भाव लाकर बादशाह की भव्य दाढ़ी की ओर देखने लगा। फिर उसने अपने शिकारियों को पास बुलाकर हुक्म दिया कि वे राजा साहब को उन सब जंगली हिरनों और रीछों के बारे में बताएँ जो वादी की झाड़ियों और खड्डों में छिपे रहते थे और जिनके बारे में उन शिकारियों को छोड़कर और कोई कुछ नहीं जानता था।

"जब सब लोग खा-पी चुके, बादशाह और उनके दरबारी सोने की तैयारी करने लगे ताकि दूसरे दिन तड़के ही उठ सकें। और हुआ भी यही। दूसरे दिन सुबह राजा साहब पहले व्यक्ति थे जो घोड़े पर सवार होकर आखेट के लिए तैयार हो गए थे। चौधरी दिमाके भी उनके पास अपने घोड़े पर बैठे हुए बन्दूक़ से लैस दरबारियों और पथ-प्रदर्शकों को आदेश दे रहे थे। कुछ देर बाद ही वे जंगल की ओर रवाना हो गए। सब लोग चारों दिशाओं में बिखर गए—उनमें से कुछ खड्डों और झाड़ियों की जाँच-पड़ताल करने लगे, और कुछ ज़ोर-ज़ोर से चिल्लाते जा रहे थे और कुछ सिंगा बजा रहे थे।"

"इस बीच ज़ाहारिया तेज़ क़दमों से अपने कुएँ की तरफ़ बढ़े जा रहे थे।"

"हाँ, मैं वहीं जा रहा था," पानी-महाराज ने बुढ़िया का समर्थन किया।

"किन्तु कुएँ की ओर जाते हुए उन्हें अचानक रास्ते में चौधरी दिमाके की लड़की दिखाई दी। वह पागलों की तरह पेड़ों के बीच चल रही थी और हाथों में सिर छिपाए रो रही थी।

" 'मैं तुम्हारा हाथ चूमता हूँ, कुमारी आग्लाइता,' ज़ाहारिया ने उसके पास जाकर कहा, 'क्या बात है? तुम तो इस तरह आहें भरती रो रही हो मानो तुम्हें किसी की अन्त्येष्टि-क्रिया में जाना हो!'

" 'आह—ज़ाहारिया!' अपने आँसुओं को रोकती हुई वह बोली, 'मैंने मृत्यु को वर लिया है—रोऊँ नहीं तो और क्या करूँ? माँ मेरी की मूर्ति के सामने मैंने प्रार्थना की है कि वह कोई ऐसा चमत्कार कर दे जिससे लोगों के पाषाण-हृदय द्रवित हो सकें। मैंने सोचा था कि राज़ा साहब के सम्मुख घुटनों पर गिरकर अपने मन की सारी व्यथा उन्हें सुना दूँ—लेकिन अब वह सम्भव नहीं जान पड़ता। मेरी अपनी माँ तक ने मुझे त्याग दिया है—

अब तो मैंने मन-ही-मन अपनी इस ज़िन्दगी से छुटकारा पाने का फ़ैसला कर लिया है ज़ाहारिया, मैं इलियेश उर्साकि के बिना जीवित नहीं रह सकती—अब तो कुएँ में डूबकर ही मेरी आत्मा को शान्ति मिल सकेगी। जब राजा साहब कुएँ का पानी पीने आएँ, तो तुम उनसे सिर्फ़ इतना कह देना, 'जनाब, आप इस कुएँ का पानी नहीं पी सकते, ज़मींदार की लड़की ने इसमें कूदकर आत्महत्या कर ली है।'

" 'कुमारी आग्लाइता, क्या तुम सचमुच कुएँ में कूदने जा रही थीं?'

" 'अवश्य—इसमें भी कोई सन्देह है, ज़ाहारिया!' लड़की ने कहा, 'लेकिन इससे पहले मैंने अपनी जिप्सी-सेविका द्वारा इलियेश को यहाँ बुलवा भेजा है, ताकि स्वच्छन्द प्रेमियों की तरह हम यह आख़िरी घड़ी एक-दूसरे के साथ हँसी-ख़ुशी बिता सकें। उसके बाद हमेशा के लिए कुएँ की शरण में चली जाऊँगी।'

" 'कुमारी आग्लाइता, वह आपको ऐसा कभी नहीं करने देगा। वह बहुत नेक-दिल आदमी है, यह मैं जानता हूँ। सम्भव है, वह तुम्हें अपने संग कहीं भगा न ले जाए।'

" 'अगर ऐसी बात है, तो मैं कुएँ में नहीं डूबूँगी!' लड़की ने हँसते हुए कहा।

" 'हाँ, कुमारी आग्लाइता! तुम्हें कोई ऐसा-वैसा क़दम नहीं उठाना चाहिए। अगर तुम्हें मुझ पर भरोसा हो, तो मैं तुम्हें एक बढ़िया सलाह दूँगा। जब तुम्हारा प्रेमी यहाँ आ जाए, तो तुम दोनों मेरे पास कुएँ पर चले आना। मैं तुम दोनों को राजा साहब के हरे-भरे कुंज में छिपा दूँगा। दोपहर के समय राजा साहब के शिकारियों की टोली सेक्सन बिशप की वादी में आएगी। मैं राजा साहब को पानी की सुराही और गिलास भेंट करूँगा। उसके बाद एक जिप्सी राजा साहब की थाली में चम्मच और फल-मेवे देगा। जब राजा साहब उल्लसित मन से कहेंगे, 'आह—कितना बढ़िया पानी है,' तब मैं उन्हें हरे कुंज की ओर ले जाऊँगा। वहाँ अचानक उनकी निगाहें तुम पर उठ जाएँगी। तुम अपने घुटनों पर झुककर सिर नीचा किये रोते हुए उनसे क्षमा-याचना करना।

राजा साहब अपने हाथ का सहारा देकर तुम्हें उठा देंगे, अपना हाथ तुम्हारे सिर पर रखेंगे और फिर ज़मींदार को आज्ञा देंगे कि वह अपने बच्चों को गले लगा ले।

" 'कुमारी आग्लाइता, मेरे विचार में यह सबसे अधिक उपयुक्त व्यवस्था रहेगी। सब कुछ इसी तरह होगा, जैसे मैंने अभी तुम्हें बताया है। प्रेमियों को क्षमा करने के अलावा कोई दूसरा रास्ता नहीं है।' "

ज़ाहारिया अपनी खिचड़ी दाढ़ी हिलाता हुआ हँस रहा था। लगता था, जैसे इस अद्भुत घटना ने हममें सबसे अधिक उसी को विस्मित कर दिया हो। फिर अचानक उसका हँसना रुक गया। उसने सिर उठाकर आँखें खोल दीं और अपनी गर्दन आगे की ओर झुकाकर ध्यान से वह सब कुछ सुनने लगा जो उसे पहले से ही मालूम था। कहानी वही थी, किन्तु दूसरे के मुँह से सुनते हुए उसे बिलकुल अलग और नई प्रतीति हो रही थी।

"ऊँहूँ," वह धीरे से बुदबुदाया, "इसके सिवाय और कोई चारा भी क्या था।"

"हाँ, सचमुच इसके अलावा और कोई चारा नहीं था," माँ सालोमिया ने अपनी कैंचीनुमा दो अँगुलियों से पनीर का दूसरा पुआ उठाते हुए कहा, "जंगल के अकेलेपन में वे दोनों युवा प्रेमी बैठे थे और तीव्र उत्सुकता से कान लगाकर शिकारियों का बिगुल सुनने की प्रतीक्षा कर रहे थे। जब ज़ाहारिया ने देखा कि राजा साहब अपने दल-बल के साथ कुएँ के पास आ रहे हैं, उसने उन दोनों को हरे कुंज में छिपा दिया। इस बीच राजा साहब को अपने स्वामी-भक्त ज़मींदार से यह पता चल चुका था कि वह युवती उनका हाथ चूमते समय अचानक क्यों रोने लगी थी। आख़िर ऐसी बातें किसी से छिपी थोड़े ही रहती हैं। राजा साहब ने थोड़ी-सी कसैली चेरी खाई और गिलास से कुएँ का पानी पीकर ठंडी साँस ली 'वाह, ख़ूब!' उन्होंने कहा और फिर अपनी अँगुलियाँ दाढ़ी पर फेरने लगे। मुस्कराते हुए उन्होंने अपने दरबारियों और वादी में खड़े लोगों की ओर देखा; मानो उन सबके बीच वह किसी को खोज रहे हों।

" 'मेरे वफ़ादार मित्र दिमाके मिर्ज़ा कहाँ हैं?' उन्होंने पूछा।

" 'जनाब, बन्दा हाज़िर है।'

" 'ज़मींदार साहब, आप इतने चिन्तित और परेशान क्यों नज़र आ रहे हैं? काश, वादी में होने वाले इस शिकार-भोज में आपकी लड़की भी शामिल हो सकती! मेरे वफ़ादार चौधरी, क्या नाम है आपकी लड़की का?'

" 'आग्लाइता, हुज़ूर!'

" '—काश, आपकी लड़की आग्लाइता अपने राजा साहब के लिए चाँदी के प्याले में पुरानी शराब ढाल सकती!'

"ज़मीदार गहरे पसोपेश में पड़ गए। उसे अपनी पत्नी से पता चल गया था कि उनकी पुत्री आत्महत्या करने घर से निकल भागी है।

"हुज़ूर, उसने विनम्र स्वर में कहा, 'अब समय नहीं है। भोजन तैयार हो चुका है और शिकारी प्रतीक्षा कर रहे हैं।'

" 'लेकिन इस वक़्त आपकी लड़की कहाँ होगी?' बादशाह ने मुस्कराते हुए पूछा।

"उसी समय पानी-महाराज ज़ाहारिया ने शिकारियों की सभा में अपना समूचा साहस बटोरकर अपनी पेटी से वह छड़ी निकाल ली जिसे अभी आप लोगों ने देखा था। उन्होंने अपनी अँगुलियों में मज़बूती से उस छड़ी को पकड़ लिया। चाँदी की गेंद बिजली की तरह घूमने लगी। कोई कुछ न समझा। स्वयं ज़मींदार को नहीं मालूम था कि वह राजा साहब को क्या जवाब दे।

" 'क्या यही है पानी-महाराज ज़ाहारिया?' बादशाह ने होंठ बिचकाकर पूछा। वे सिर से पाँव तक बड़े ध्यान से पानी-महाराज को देख रहे थे।

" 'जी हाँ—हुज़ूर!'

" 'क्या चाहता है यह?'

" 'हुज़ूर, मुझे नहीं मालूम।'

"राजा साहब ने क्रुद्ध भाव से ज़ाहारिया को देखा।

" 'क्या चाहते हो?'

"ज़ाहारिया कुछ भी कहने का साहस न कर सके। छड़ी ने जिस दिशा की ओर संकेत किया था, उसी दिशा में आगे बढ़कर उन्होंने उस वन-कुंज

का द्वार खोल दिया, जिसे ख़ास तौर से बादशाह के लिए तैयार किया गया था। भीतर घुसते ही राजा साहब की आँखें उन दोनों युवा प्रेमियों पर जा पड़ीं जो घुटने टेके सिर झुकाए बैठे थे।

"सब हतबुद्धि-से वहाँ खड़े रहे। छड़ी के अद्‌भुत चमत्कार को देखकर बादशाह भी दंग रह गए। कुछ अर्से बाद ही याशि में बादशाह और उनकी बेगम के संरक्षण में उन दोनों का बड़ी धूमधाम से विवाह हो गया। द्वेष-दुराग्रह खत्म हो गए और सब लोग प्रसन्न थे। राजा साहब के शिकारियों का दल बारात बन गया। राजधानी जाते हुए वे लोग अन्कुता की सराय में ठहरे थे और विवाह की ख़ुशी में यहाँ नाच-गाने का आयोजन हुआ था।"

"हूँ!" ज़ाहारिया ने मुँह बन्द करके सिर हिलाते हुए हुंकारा भरा, "सब कुछ बिलकुल ऐसे ही हुआ था।"

"क्या कहा मैंने," बुढ़िया ने कहानी समाप्त करते हुए कहा, "जो अनुभव इन पानी-महाराज को हुए हैं, उनके सामने हममें से अधिकांश लोगों के अनुभव कुछ भी नहीं हैं।"

"निस्सन्देह ज़ाहारिया ने हमें एक बहुत दिलचस्प कहानी सुनाई है," द्रागानेस्त्री के सम्माननीय चौधरी योनिता ने अनुमोदन किया, "सम्भव है, कुछ लोग इससे भी अधिक सुन्दर और विस्मयकारी कहानी सुना सकते हैं। किन्तु इस बार सचमुच ज़ाहारिया बाज़ी मार ले गया है।"

वह उनींदे भाव से मुस्करा रहा था और धीरे-धीरे झूमते हुए कुछ ऐसे धुँधले ढंग से हमें देख रहा था मानो किसी चिलमन के पीछे से हमारी ओर झाँक रहा हो। रात ढलने लगी थी और कृत्तिका-नक्षत्र ने राजहंस को पकड़ लिया था। अलाव की लपटें बुझने लगी थीं। अधिकांश लोगों ने अपने मिट्टी के प्याले नीचे रख दिये थे। वे काफ़ी थके जान पड़ते थे, नींद के कारण आँखें बोझिल हो रही थीं।

अचानक सराय के पीछे के किसान की पतली-दुबली घोड़ी की हिनहिनाहट सुनाई दी। उसे सुनकर मैं भयभीत-सा हो गया। लगता था, मानो कोई कातर स्वर में आर्तनाद कर रहा हो।

माँ सालोमिया मुस्करा दीं और हल्के स्वर में बुदबुदाने लगीं :

"रात की यह घड़ी काफ़ी भयावह होती है। मुझे रात के सब संकेतों की—ख़ास कर भूत-पिशाचों की अच्छी पहचान है। घोड़ी ने भी शायद ऐसा ही महसूस किया हो—तभी तो हिनहिना रही थी।"

सराय में भी एक लम्बी थरथराहट फैल गई, और सब लोग कुछ अजीब सा महसूस करने लगे। कहीं भीतर से किसी ने फटाक से दरवाज़ा बन्द किया था। बुझी हुई आग के इर्द-गिर्द एक बोझिल-सा सन्नाटा घिर आया था और यद्यपि हम एक-दूसरे को देख रहे थे, एक-दूसरे का चेहरा हम नहीं देख पा रहे थे।

माँ सालोमिया ने तीन बार राख में थूका : 'थू-थू-थू' और हाथों से 'क्रॉस' बनाया। उसके बाद ही हम समुचित रूप से सचेत और स्वस्थ हो पाए। भूत-पिशाच की छाया मानो हमें छोड़कर नदी और जंगल के एकाकीपन में ग़ायब हो गई। हमने मुक्ति की साँस ली। किन्तु उसके बाद हमें अपने अंग-प्रत्यंग में गहरी थकान महसूस हो रही थी, मानो अभी-अभी हमने कोई भारी काम समाप्त किया हो। लगता था, जैसे हम इतने थक गए हैं कि किसी कोने में विश्राम करने जाना भी असम्भव है। हमारे कुछ साथी जहाँ बैठे थे, वहीं सिकुड़-सिमटकर सोने लगे। चौधरी योनिता कप्तान नेकोलाइ के गले में हाथ डाले बैठे थे। वे भूल गए थे कि उन्हें भी हमको एक कहानी सुनानी है—एक ऐसी कहानी, जो आज तक कभी किसी ने नहीं सुनी।